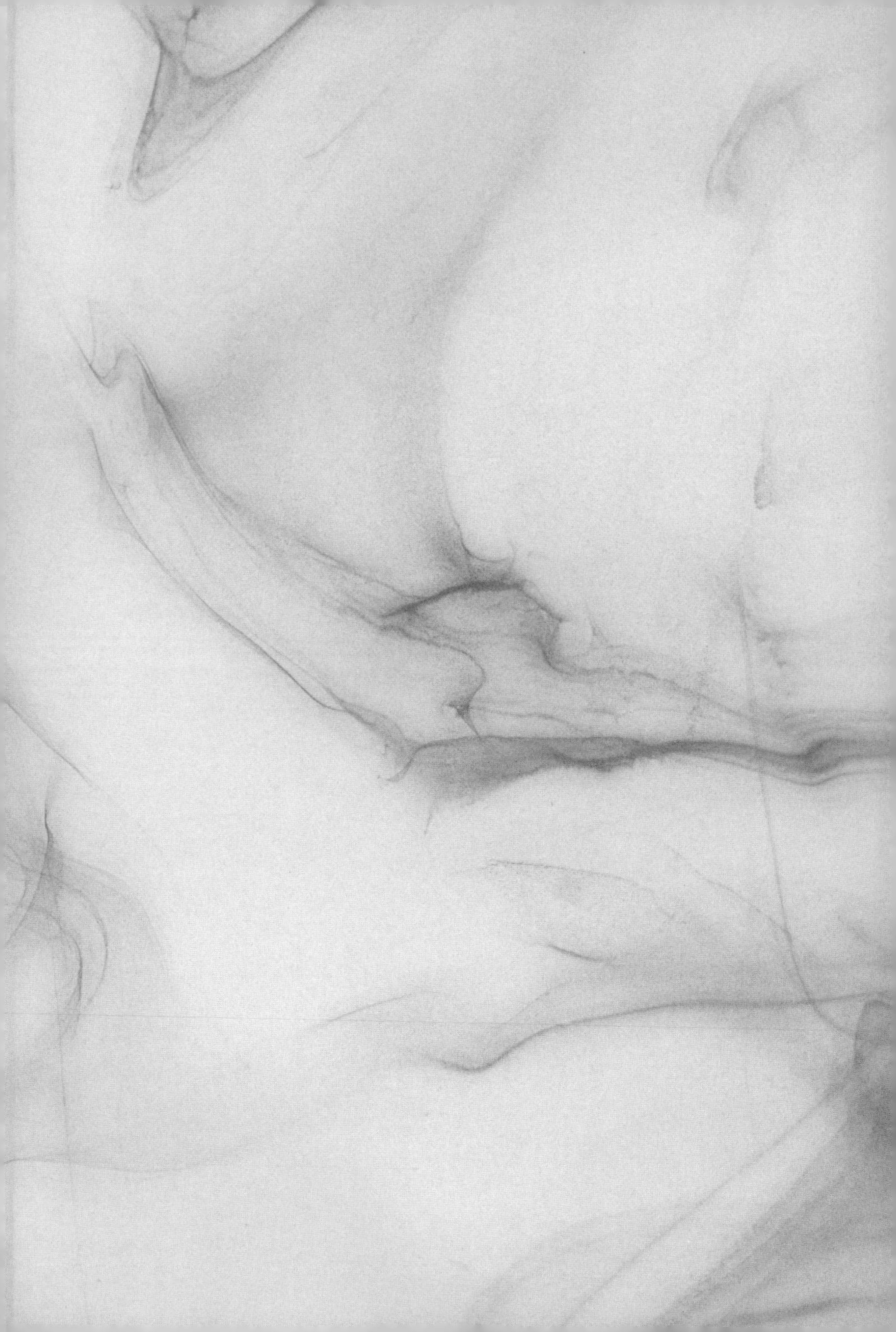

在你的掌紋裡迷途

郭書書

目次

易碎巷

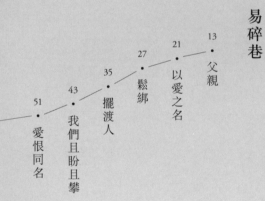

平靜路

盼望里

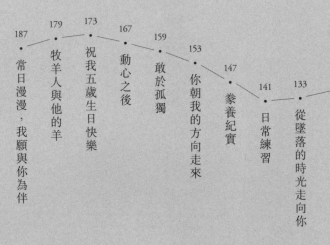

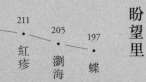

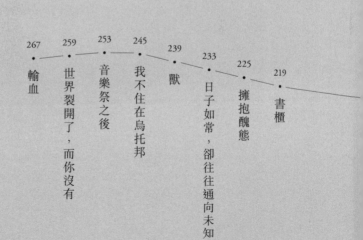

【自序】

洞裡有花

直到寫序的這個剎那，依然不敢相信自己真的能把十七歲至今的日子重新梳理一遍。

最糟糕的時候是無力回頭看的，缺失的種種成了一個又一個深不見底的洞，往回走的過程便是一再墜落，為了往前走，只能丟棄感知，成為無能於回望或感受的行屍走肉，而走著走著，才發現那些洞依然跟著我，破了洞的不只是過去，更是我。

要想逃離，要先回去。於是每一次書寫，我都得讓自己回到當下，再次受痛和崩解、再次痛哭失聲、再次不信神，獨身在洞裡鍵出一個又一個正方形，將這些方形連成串串字句，不管不顧抓著，才得以攀出洞外。

十七歲以來，家破的洞、四處流離的洞、悲觀的洞、貧窮的洞、父親自殺的洞。

而在每一個恍恍惚惚、不知道該如何撐下去的時候，是洪溫柔的掌心一次又一次提醒我，世間羈絆仍有美的可能。

不愛跟手有關。

是父親指著我要我滾出家門的手勢、面對「居住地址」四個字無法下筆而顫抖的手指、因為祭祀父親而被線香染紅的指腹。

愛也跟手有關。

是他輕輕柔柔替我抹去眼淚，在我又跌入洞裡的時候將我一把抓起，互相摩娑著手指，聽見他對我說出近似承諾的話。

所有的跌宕彷彿停在愛之外，停在他的掌紋可及之處以外。

而我一直以來的顛簸終於日漸平穩，我有力氣感知日常、盼望未來，我也才能寫下這浩劫重生的紀實，寫下我腐鏽的沮喪跟絕望是如何一步步長出盼望的花。

謝謝編輯丸尾這大半年的辛苦跟付出；謝謝讀者一直以來的回饋；謝謝Samantha給我的種種幫助和打氣；謝謝晨曦光廊、拍謝少年跟鄭宜農創作的好歌成為我書寫的主題曲。

謝謝洪。

在你掌紋的疆域裡，連迷途都是歸宿。

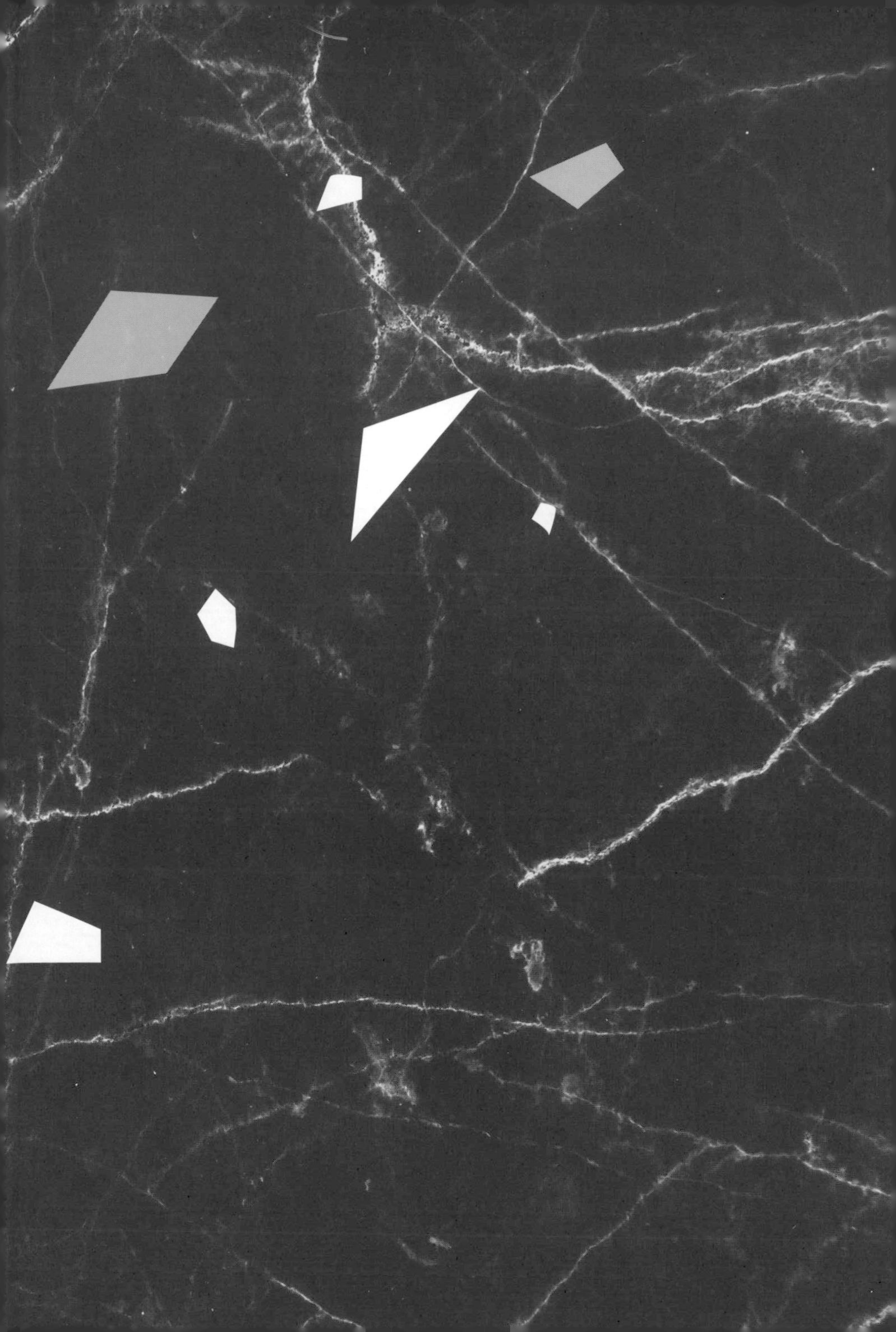

易碎巷

父親

他看著我背影的時候，
有沒有曾經想開口叫住我？
如果連父親都不要我了，
這個世界上還有人會愛我嗎？

高三的時候父親確診了精神方面的疾病，陰晴不定，有時是個需要人關愛的孩子，而時不時又變成了易怒的野獸。媽媽受不了各種現實、心理、肉體上的壓力，偶然一次逃家之後便再也沒回來。

某天父親無預警地撥電話來要我和他站在同一陣線責怪媽媽。我不從，他一怒之下要我搬離開「他的家」，「妳那麼袒護妳媽，妳就去跟她住」，那憤恨不平的語氣我至今仍忘不了。那年我剛上大一，日子還溫溫潤潤，絲毫沒有想過家變的可能。

我原以為父親只是虛張聲勢，在他發病之後，這種情況不曾少過，好幾次我接到他說要自殺的電話，要我週間蹺課，從台中回高雄一趟，「見他最後一面」。

而後來他一次次逼問我準備何時搬離？又傳訊息告知已經把我房間的東西都清出來了，要我早日回去處理，我才後知後覺地意識到他是認真的。

和媽媽聯繫了之後，她答應讓我從此跟她一起生活，第一步便是先把放在父親那的東西整理回來。於是某天我們一人騎了一台摩托車到那舊公寓樓下；牆是暗紅色的，鐵門滿是鏽斑，我記得我盯著大門的鑰匙孔，在心裡問自己是不是在作夢。

媽媽怕又被父親拳腳相向，要我自己上去。當時父親和弟弟一起住在那棟公寓的五樓，樓梯又髒又暗，滿是灰塵，空氣都帶著某種臭味。

我上樓之後用鑰匙開了門，愣愣地和父親打了招呼，心裡還在期待他又戲劇性地反悔，用另一場鬧劇結束這一場鬧劇。

不過他沒有，他指了指那個房間，跟我說我的東西都在裡面了。

我沒多說什麼就去清理，甚至也沒有哭，只是機械性地收拾著，我拿了我的衣服、朋友們寫給我的卡片、一些生活用品，一邊驚訝著一個人的從小到大原來就這麼重，幾個袋子就能打包帶走。

我沒準備太多容器，所以很原始地利用身體將所有重物一一從五樓抬到一樓。公寓的隔壁是檳榔攤，老闆娘一邊熟練地包著檳榔，一邊用帶著八卦的眼神往我們這對母女瞧。

我記得媽媽特別交代要把床墊搬下來，不然我沒有床墊可以睡。但我根本搬不動床墊，所以只好站在每一層樓樓梯的最頂端把床墊往下丟，床墊滾呀滾的就到了下面一層。等到了一樓的時候，整個墊子上灰撲撲的，滿是塵埃和髒污，我沒有感覺到累，只覺得我跟那墊子有些相像。

忘了第幾趟上樓，我發現門外丟著一捲黑色大塑膠袋。我不明所以湊在紗門邊偷偷往房子裡看，看到父親正坐在裡頭一言不發地盯著我。

四目相交的時候我頓時感覺到冷，在高雄的夏天。

東西搬完之後，我把那個房子的鑰匙留在桌子上。自此便成了沒有鑰匙和住址的人。

最後我跟媽媽一人騎一輛摩托車，分好幾趟，把所有東西都搬回媽媽的公司，那裡後來成了我在高雄的住處。

稍微歇下之後我開始想那些來不及帶回的東西。我從國小蒐集到大學的書都跟父親的書擺在一起，我不敢去找，那些陪伴著我度過青春期靈魂晃動的文字們就這樣和我道了別。後來有好一段時間我不再閱讀，當我想起我閱讀的習慣是來自父親的耳濡目染，我便渾身發燙，而我的身體裡似乎有什麼跟著那堆書一起被委棄了，留在那裡沒有回來。

我到很後來才開始感覺到疼痛，那種被棄被負的感受來得很慢，卻待了很久。

之後的幾年我看不得任何有關父愛的題材，連動畫片裡稍稍提到父親的畫面都惹哭我，每個學期末和學期初，看到大家的爸爸大汗淋漓搬著行李，我總是會多看幾眼，回過神來室友已經趕忙遞上衛生紙，我才發現已淚流滿面、不自覺發出嚎哭聲。

那段時間我最討厭的事就是寫資料，我懼怕看到空白的住址欄位，因為我沒有任何一串住址可以任意填寫。

一次去銀行辦理開戶，我甚至打電話給幾個朋友，拜託他們家裡的地址借我填寫，我每打一通電話就是在提醒自己一次：「妳是無家可歸的人」。那次開戶以失敗告終，因為幾張表格都被我哭濕了。

那幾年我退居山洞，見不得任何一點光，世界的光明面與我無關，只會讓我看見一身瘡疤，血肉模糊，又臭又腥。

我是被父親揚棄的孩子，明明我身體裡有一半的血是他的，明明我有著他的姓氏，甚至連我的名字都是他一頁一頁翻著字典取下的。

好幾個夜晚我夢見那捲黑色大塑膠袋，還有父親那雙和我相像的眼睛。我至今不知道父親是心疼我收拾辛苦而特意留給我那捲塑膠袋，亦或其實他只是希望我快點從他的視線離開。

他看著我背影的時候，有沒有曾經想開口叫住我？如果連父親都不要我了，這個世界上還有人會愛我嗎？

我和所有人一樣，一起定居在這個世界，但我看見的卻總是世界的背面。我的痛不欲生寫不成歌，筋骨下都是被親情燙傷的痕跡，留下的字句破碎而不完整，呼吸聲都挾著滿滿的求救訊號。

有人可以帶我走嗎？你能不能給我一個家？

好幾次想殺了父親：由愛極生傷心，由傷心轉怨懟，而怨懟最終長成滿腹恨意。

可最終我選擇殺了自己，用我整個後半生的腥風血雨。

以愛之名

關係本就是一道太複雜的命題，
而原生家庭則是一具用血脈鑄成的牢籠；
越是想躲，便越是驚覺它的龐大。

連假是媽媽的生日，四十一歲，我們剩下彼此的第二年。

我戰戰兢兢走進百貨公司，專櫃服務人員臉上的妝有些花了，我記不清楚她說的話，好像是關於滿額贈禮還有會員資格云云，只記得她嘴上的口紅好是豔麗，那紅色像放置了一抹黃昏的血，襯得她的牙齒有些泛黃。

終於回過神，順從服務人員的一再建議，替她買了一支大紅色唇膏。唇膏小小的，簡簡單單就能藏進手心，我在心裡想著，這麼小的東西，竟然折合我打工十餘小時的薪水。

專櫃的服務人員幫我在紙袋上繫上了白色亮面緞帶，上頭處處都是大大的品牌logo，彰顯著它的非凡。而後撒上對我來說太過濃郁的香水，紅唇上揚，笑著遞給我名片，送我離開。

一切都亮晶晶的，她的笑臉、唇膏的包裝盒、櫃位的燈光，都足夠使我暈眩：見慣了黑暗的人，再看到光的第一反應不會是追求，而是畏懼。

回到了住處的時候她剛洗完澡，頂著一頭濕透的烏黑，坐在床沿梳頭。我想起過去父親最常稱讚她的一頭茂密黑髮，健康烏黑，又直又亮。我將紙袋遞上，還在思索該說些什麼，她便驚喜到不顧頭髮還滴著水，著急地要將緞帶解下，「這是我人生第一支專櫃唇膏耶！謝謝妳。」小心翼翼把玩了唇膏幾分鐘之後，她把紙袋跟唇膏拎到板凳上，說是要拍給同事看，一邊拍一邊跟我說：「以後還是把錢存起來就好，不用特別買禮物給我了，等妳畢業之後，我們還得要買房子呢，那時候的開銷就不一樣了。」頓了一下之後，她繼續說：「但是我還是很開心，我好久沒有幫自己買東西了，真的謝謝妳。」

我想起那本已經被丟到資源回收車裡的她跟父親的婚紗沙龍照。老派的姿勢、老派的禮服、老派的打光，但照片裡的她，笑容就如同現在這般燦爛。我出生的時候，她也不過跟現在的我一樣大，二十歲，那個我還在強說愁、裝模作樣，甚至企圖追尋虛無飄渺的靈魂歸屬、寧可不吃飯都要買漂亮衣服跟化妝品的年紀，她就已經成為了一個母親。她是一個男人的太太，要操持家務、侍奉公婆、準備日常三餐、晾永遠晾不完的髒衣服；同時她也是一個嬰兒的媽媽，要哺乳餵養，要在哄睡幼獸之後，踩著縫紉機貼補家用。她遺失了她的璀璨年少，甚至是姓氏，還有專屬少女任性的權利，取而代之的是母親的韌性。每每她說起產下我的過程，還有我的奶奶待她是如何不友善，亦或是全職婦女又得兼顧家務的勞心勞力，我都覺得膽戰心驚，但那時的她，尚是稚嫩，就已經將這把苦囫圇吞下。

「妳跟弟弟還小。」我時常覺得自己是吃掉她美好青春的兇手之一，我用我的嬰孩嚎哭，奪走了她一生最珍貴的時光，她把那段人們最常緬懷的、過了就不再復返的青春留給了我，而我將她困在家暴、窮困以及不間斷的謊言裡。

父親是一切苦難的來源，但真正讓她必須留守於苦痛身邊動彈不得的人，是我。

媽媽逃家之後第一次回娘家，在老舊的藤椅上對外公外婆哭喊著她近幾年的辛酸，外婆一邊擦眼淚、一邊念著「就當上輩子相欠債吧」。我記得當時我的坐立難安，就像是兇手被審問那樣全身發熱，我有著跟父親一樣的姓氏、一樣的白皮膚、一樣的鼻樑，但我也有著和媽媽一樣的雙眼皮、一樣的身形、一樣的濃密黑髮……我的血液有一半來自受害者，有一半來自加害者，那我究竟是加害者還是受害者？媽媽在看著我的時候會想到施暴的父親嗎？會想到他說的謊嗎？我還能是我自己嗎？

而有些時候，蝸居在母親工作的加油站裡，夜深了，但依然不感清靜。聽著油罐車轟隆隆卸油、大夜班的工讀生嘻嘻笑笑又或起了爭執相互咆哮，我的怨懟也不曾少過。若是二十年前，他們之中能有任何一人願意為了成家做好真正的準備，或許我們各自都能擁有更好的命運。而我也是到了現在，才知道原來一個人的愛、怨懟以及自責，其實是可以同時指向同一個他人。

媽媽愛我的時候，也跟我愛她的時候一般，參雜著怨懟跟時而輕時而重的恨意嗎？她用自己的整副身軀給了我一半的身體，那我的生命有多少屬於她呢？接下來的日子我們將剩下彼此，我們能真正相依嗎？又或者她終究只能愛一半的我，我也只能愛一半的她？

幾次想放掉一半的血以求自由，我可以放棄父親的姓氏、放棄父親一頁一頁翻著字典送給我的名字，也可以每半年上髮廊燙直滿頭自然捲，卻不能使母親放下對父親曾經的愛與恨。關係本就是一道太複雜的命題，而原生家庭則是一具用血脈鑄成的牢籠；越是想躲，便越是驚覺它的龐大。

「自由是你知道什麼事物限制了你，而你可以有能力面對事物本身」，或許關係的本質擺脫不了相互虧欠，善終是太困難的想望，我們只能求那些缺口能夠成為相互牽制的平衡點，讓愛如何可能，將不再受到它的限制。

鬆綁

人生是無數個岔路和賭注，
有一些由你親自選，
但更多的是他人替你選好的。

我相信一個人的過去得以綑綁一個人的未來。

在我幼時的記憶裡，媽媽幾乎不曾買過鮮奶，廚房裡常備的只有奶粉，想喝鮮奶，唯獨在奶奶來看弟弟的時候，她才會帶我們去超商買一罐家庭號的鮮奶。每每和奶奶道別之後要把鮮奶提回家，我都格外慎重，彷彿手裡抱著的不是一罐鮮奶，而是一大甕珍稀的鮑魚魚翅、龍蝦松露。

戒慎恐懼地將鮮奶帶回家以後也不能喝多，媽媽軟性規定每個人一天只有一杯的額度，如果被她發現喝多了，她會用質疑和怨懟的語氣問：「一定要喝成這樣嗎？這是牛奶，不是水耶」；冬天想泡杯鮮奶可可，媽媽見到我捧著馬克杯走出廚房便會高聲追問：「妳鮮奶倒多少？半杯嗎？不要浪費，三分之一杯就很多了。」

這樣的經驗讓我一直到上了大學、離開家獨自生活之後才知道鮮奶並非普通人無法負荷的貴重食物，我至今無法解釋媽媽對於鮮奶那般執著以及幾乎想將它供奉起來膜拜的態度，也無法參透那段為了鮮奶而暗自和媽媽爭鬥的日子：好像她越是咄咄逼人、層層限制，我越是想要過五關斬六將，只為了嚥下那杯白濁的液體。

嚥下的動作早已不是最重要的，最重要的是反抗的意圖，是知其不可為而為之的冒險犯難，以及面對稀缺不由自主的嚮往與貪圖。

而離開家之後，媽媽不再繼續在我耳邊叨叨絮絮關於鮮奶的種種規定，那杯白色的液體好像就又重回了其單純的性質，不再充滿矛盾和紛擾，自然也喪失了對我的吸引力。

父親則完全相反，是個極度享樂主義的人，每到發薪日那天他會帶著我和弟弟在高雄四處晃蕩，那天的父親通常特別瀟灑和大方，我們會去書店大肆採購，偶爾還會接著去昂貴的餐廳，而每每看著其他客人一個個衣著講究，對比著父親扁塌褪皮的拖鞋和長久不換的褲子，我總會丟失我的食慾。

原來那麼小我就懂得什麼是不合時宜，什麼是格格不入。

而通常在買完書、吃完大餐之後，迎接我們的就是媽媽的歇斯底里和幾近肝腸寸斷的指控，夾雜著父親洩憤之舉所造就的一個個碗盤跌落餐桌的碎裂聲，成了我記憶裡恐懼的協奏曲，每個月上演一遍，未曾停歇。

大二之後，經濟自主且逐漸穩定的狀況下，我偶爾會去超商買些簡單的食材在宿舍料理，某次經過奶製品的櫃位便不由自主地停下腳步，盯著滿櫃的各品牌鮮奶，低脂的、全脂的、水果口味的、巧克力口味的、高鈣的，族繁不及備載，但它們全都長了張媽媽的臉。媽媽對我說不可以、不要、不行的臉；眨了眨眼再細看，它們竟又長出了父親的臉。父親對我說可以、沒關係、不要錯過的臉。

鬼使神差的，我千挑萬選了一瓶單價最低的去結帳，結完帳的我高昂到好似不只是掏張百元紙鈔，而是簽約購入一幢房子一樣；但過了幾個小時，我開始感到不安難耐，感覺這樣的高昂和歡快是風雨欲來之前的預示，是殺人魔在執刀之前將刀片細細拋光磨利的準備動作。

我總覺得媽媽的人生是被貧困給詛咒了的，面對金錢的稀缺和在此之後的不安全感，她只能不斷對自己、對身邊的人加諸各種限制，從物質上的隱忍再到精神上的強求刻苦，這些限制最終早已跟金錢無關，而是對於現實中不適之處的習以為常和妥協；而父親則在類似的條件下長出了截然相反的特質，只求今天不問明日，只管當下不顧未來的個性看似浪漫無比，實則給自己和旁人製造了一個又一個重擔。

我以為在我單獨結帳一整罐鮮奶並且不受限地飲乾它的那天，我便是同時在和這兩種人生態度告別，我在宣告我已經獨立自主、可以擺脫所有我在原生家庭裡已經意識到不對勁的東西，但沒多久我就發現我不能。

我何止不能擺脫其一，我甚至是兩個價值觀的綜合體。

我在面對慾望的時候像父親，總是先嚐了再說，而在嚐到了之後像母親，開始不安彆扭、為自己沒有守住內心的慾望小獸而不斷悔過。輪迴永續，好像薛西弗斯與他的石頭。

我是那般集矛盾和衝突為一身，連做出的決定都時常在身體裡碰撞，撞得我心臟爆裂般的疼痛，撞得我滿臉是淚。

在思索未來的時候時常是哭著結束這些念想的，我總感覺某部分的自己已經留在過去，留在十七歲時媽媽倉皇逃家再也沒有回來的那天，留在十八歲父親把我驅之別院甚至要我交還他的姓氏的那天、留在寵物過世但我甚至沒能當面好好和牠道歉的那天。

而當我想向前走，她們總是試圖拉住我，她們說「我還在這裡，妳不要丟下我」，而她們就是我。

我不能丟下她們，她們也走不過來，每當我心一橫想切斷那些綑綁我的絲絲線之時，卻又感覺到椎心刺骨之痛，因為那都是我。

過去是我、現在是我；綁著我的是我，被綁著的也是我。

人生是無數個岔路和賭注，有一些由你親自選，但更多的是他人替你選好的。

我是被過去綁住的人，至今仍在尋找鬆綁的可能。

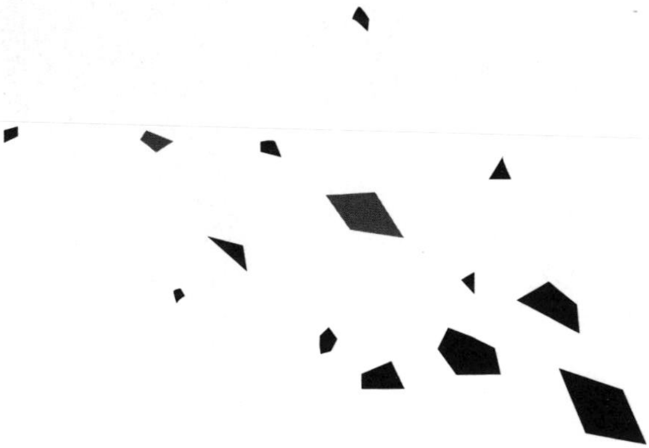

擺渡人

你走過地獄，仍相信美好。
你到過深淵，仍期盼未來。

兒童節前夕上網下單了一箱書，也順便看了一下過去的購買紀錄，發現自己上一次買書已經是二〇一六的事情，整整三年前。

我的閱讀習慣來自父親，父親的書櫃對當時的我是一個藏寶地，好幾列架子和隔層，裡面裝的是他人的人生智慧和血跡斑斑，他總是叼著一根菸，斜躺在沙發上，客廳裡煙霧瀰漫，彷若他人生的茫茫渺渺。沒有知識分子的優雅和從容，只有地痞流氓的江湖氣味，他讀過的書上總是有暗紅色的檳榔渣仔，翻過的書頁上會有刺鼻的菸草氣息，他那刺上半甲花紋的手上抓著的不是棍棒器械，而是各式文人文質彬彬的心血結晶。

那是我對他最美好的記憶，那雙繡著藍綠色刺青的手是拿來捧書的，不打人、不摔東西、不指著誰的臉破口大罵。

高中的時候開始一頭栽進閱讀，數學課的時候讀散文，英文課的時候讀詩，生物課的時候讀小說，零用錢不夠滿足我的閱讀量，便學會偷拿父親書櫃裡的書四處變賣，換了現金之後再拿去買自己想讀的書。

那也是我對生命最好的記憶，我所看見的荒蕪都是他人的荒蕪，我流的眼淚都是為了別人的悲慘世界，我是穿著潔白的布鞋站在高牆上往下看的人，滿心以為見過地獄便是到過地獄。

父親命我搬離他住處的那天天氣很好，我草草收拾了生活用品便大步離開，那些象徵著我和父親之間連結的書卻一本都沒帶走，我也從此過上了沒有書陪伴的生活，也就是沒有父親陪伴的生活。

家庭的事故發生在某時某刻，這場爭執開始於幾月幾日、那場離散結束於幾點幾分，但它們卻不只作用於此時此刻，它是綿長而深遠的，進入你的血脈筋膜，進入你的魂魄思想。我所熱愛的作家都是從父親的書櫃裡認識的，我寫字的習慣是模仿父親而來的，我滿頭的自然捲跟父親一模一樣，父愛被狠狠拋擲到遙遠的彼岸，沒了父愛的父親卻依然步履蹣跚地在我腦海裡散步。

我去過諮商中心、在朋友的視線裡痛哭失聲、在網路上留下大篇幅的傷心欲絕，每一次的傷心都像是第一次，疼痛洶湧、眼睛水漫金山，而他們總是說，事情會過去的。

傳說中，傷心的人在絕望之島遙望彼岸。花開的彼岸，平靜的彼岸，被愛灌溉過的彼岸。但被傷過的心太重了，憑藉一己之力游不過汪洋滔滔，萬幸的是，擺渡人可以，只要讓他看見你的一片赤誠和為了擺脫絕望願意付出一切的決心，他就能帶你到達彼岸。綠意盎然的彼岸、春暉灑落的彼岸、時時刻刻皆能見到彩虹的彼岸。

在我翻山越嶺、爬過大山、游過大河、淋過暴雨、染過瘟病、上吐下瀉、幾經昏迷、腳底生瘡、滿臉污泥、體力透支來到這裡，尋尋覓覓之後，卻找不著那個傳說中能帶我去到彼岸的擺渡人，只能惶惶哭泣、鬱悶悲憤的時候，他們總是如此輕巧地說，事情會過去的。

但我們都知道不會，事情不會過去的，事情會圍繞著你，時刻在你耳邊耳語，每個白天夜晚，他都在告訴你，你不能去那裡、你不能做這些、你不夠格的、你德不配位、你寡廉鮮恥、你罪孽深重卻無法被判處誅九族，因為你無根無依，你沒有族人、沒有家國，沒有人會為你而死。

那你還爬不爬大山、游不游大河、淋不淋暴雨、染不染瘟病呢？

那你還要不要踏進水坑、跌進泥濘、闖入荊棘叢、流盡渾身鮮血和眼淚呢？

還是要的，我知道你還是要的。

都已經走到了這，沒有理由停在這裡。

不疼痛的日子離我們已經太遠，到過地獄的人早就不能過上安詳的日子，史詩般的劇痛就是你的擺渡人。

他人在日復一日、百般無聊當中求昂揚，我們在跌宕起伏當中三跪九叩、虔誠膜拜，只求一日，一日便夠的平靜與安穩。你穿越重重阻礙和災厄，憑藉的也不過就是滿心相信他們那句「事情會過去的」，還有那個煞有其事但終究面目不詳的擺渡人。你相信谷底之後是好的明天，所以願意嘗膽臥薪、願意在疲倦至極還是起身趕路，人們說你早熟世故，伶俐的知道何時該溫柔，何時又該張牙舞爪，但只有你自己知道，你內心是個最最天真的嬰兒。

你走過地獄，仍相信美好。

你到過深淵，仍期盼未來。

你就是你自己的擺渡人。
請你在彼岸等我，我總有一天會到達。

我們
且盼且攀*

我之所以依然努力活著，
是因為心存盼望；
想要好好生活的勇氣，
是從盼望裡一點一滴融出來的。

面對每個農曆新年，我其實滿是畏懼。

父母離散之後的第一個農曆新年，因為經濟困窘，整個寒假便只能馬不停蹄地打工，除夕當晚，母親回娘家團圓，我捧著便利商店買來的微波食品，蹲在倉庫的一角默默地吃。

第一次這樣過除夕，我已經忘記當時有沒有哭了，或許沒有，因為倉庫裡有支監視器，我看著它固定擺動的弧度，想著不知道這個世界上除了它之外，還有沒有人看見我。

後來的每一次過年都差不多是這樣的，母親問過我是否要和她一起回娘家過年，「那裡也是妳的家」，她理所當然地說，我搖搖頭拒絕了，用想要多賺點生活費的名義，但心底彆扭不安：那當然是她的家，但終究不是我的，我沒有辦法衣衫不整倒在沙發看電視、沒有辦法蹺著二郎腿吃零食，我只是去作客，而不是回家，我相信那個家裡的所有人——包含姨舅們、外公外婆甚至堂弟妹都關心我，但他們終究不被我劃定成家人。

血緣從來不是家的必需品，同理，也不是有血緣就能成為一個家。

之後的每個農曆年，我在工作場合看到闔家團圓、集體出遊的家庭，我就哭；替客人結帳的時候，看他們從紅包裡抽出新穎的紙鈔不自覺愣神，羨慕而心澀；下了班打開社群軟體，啃著單人份的速食，看大家曬一桌又一桌的年菜，忽然就失去食慾。

幾個要好的朋友曾經邀請我去他們家一起團圓，真切而友善，但我依然沒敢答應，我畏懼的不是獨自一人，是我沒有家，倘若把自己塞進「別人家」，對我來說只是用更近的距離審視家之於他人的理所當然、以及家之於我的遙不可及。

那是一種很強烈的孤單，像是玩大風吹的時候，每個人都找到了寫著自己名字的位置並且依序坐下，而我幾番尋尋覓覓卻找不著自己的名字；像是老師宣布分組活動的時候，看著身邊的同學相互邀約，唯獨跳過眼露渴望的我。

我嚮往的不是熱鬧跟喜氣，是人跟人之間緊密的連結和關係。但我始終是那個多出來的、被漏掉的、沒有歸屬更遑論歸途的。

我沒有那種能夠一個人走遍長路的韌性，踽踽獨行使我時不時踩進坑洞，沒有人替我燃起篝火、沒有人時刻守望*，我不知道自己還能撐多久，也不知道是否下一步踩進的就不是淺顯的坑洞，而是既深而寬、能使人深深下墜的溝壑。

那是萬劫不復離我最近的時候，我想著毀滅、望著終結，最終卻總是退縮，甚至找不到畏首畏尾的原因。

去年的初一，洪見我情緒再次低落，在電話裡低聲哄著我，等我下班後帶我去吃晚餐。

飯還沒吃完呢，我便看著他從包裡拿出一包準備好的紅包，對我說了幾個俗氣的新年祝賀語，然後把紅包推到我手邊。

「給妳的。」他沒有說太多煽情或深情的話，但單單只是這樣，就讓我熱淚盈眶。

今年一樣沒有團圓飯，初一就開工，一直到初五才排到休假，一放假便早早跳上南下的火車，出站以後，見到等在車站門口的他遠遠望著我，我忽然在這個未曾久居過的城市有了「到家了」的感覺。

曾幾何時他已經不只是我的家人，他就是我的家。

我到那時候才知道自己是如何在極度絕望和孤單之下，還是硬撐了過來。

即使在最低潮的時候，我也未曾遺棄「成一個家」的宿願；即使淚流滿面，只要在睡前想想二十年後的我手上已經握有一把鑰匙、一串銘記於心的固定地址、一個相互扶持的伴侶，就依然能咬牙迎接每一個明天，儘管那對當時的我而言是一件多麼艱辛的事。

我之所以依然努力活著，是因為心存盼望。

即便現實壓垮了我夢寐以求生活的枝幹，盼望的苗卻依然健在，那是一種隱隱約約的、對現世不滿的反抗；即使命運給了我一記惡狠狠的肘擊，我也在一蹶不振之時、腹背受敵之際，悄悄地把這株苗子藏進手掌心。不敢太用力，也不敢時不時查看，只怕自己一個不小心揉碎它。

我的夢、我的憧憬、我的未來、我的氣力，都在它細嫩的枝葉之上。
想要好好生活的勇氣，是從盼望裡一點一滴融出來的。
它是燃料，是火，是鏡子，是甜蜜，是砥礪，是光。
只有撐下去的人才能走上逐漸平坦的路、見到日漸好轉的未來。
我們且盼且攀。

＊篇名靈感來自鄭宜農的〈人生很難〉。
＊「沒有人為我燃起篝火，沒有人為我時刻守望」靈感來自袁婭維的〈阿楚姑娘〉。

愛恨同名

愛和恨從不互相消磨，
兩者在劍拔弩張的爭鬥之後，
被消耗殆盡的，是自己。

畢業搬回高雄之後，母親最常向我說的一句話便是「不要挑工作」，儘管我只是想在勞動條件低落的南部找到一個符合勞基法的職缺，但在她眼中，待業中每一個空閒的分秒仍都像犯錯。我是假釋出獄的罪犯，腳踝上掛著隱形的腳鐐，監視的眼光時不時便從房門外直直射入，「工作很好找，是妳太挑剔。」母親只花了幾秒就替我的罪安置了罪名，身居高位下達審判，絲毫不費力。

我想起一年前的某天，母親對我嘶聲哭喊著，責備我冷酷、無情、忘恩負義，只因為我不願主動跟當時已經鬧翻的父親聯繫。

她對我說，我好不起來都是因為自己不願意放下、我有義務要給父親重新做人的機會、每每我想到父親，痛苦的罌粟便盛開，都是我自己給自己找的麻煩、說整起家變被父親傷的最重的就是她，而她都已經選擇原諒了，我憑什麼依然懷恨。

對話的最終以我的妥協做結，我撥電話向父親表明我已經解開封鎖，期間止不住哭聲，父親或許以為那是我原諒他的表示，殊不知一掛上電話我就隱忍不住作嘔的本能，吐出一片酸水。

當時我和母親一起住在她的員工宿舍，環境狹小，我甚至沒有一張像樣的床，更遑論得以宣洩的空間。我無法再看母親，於是走到公司頂樓的平台，眼淚使得車水馬龍模糊了起來，我光著腳倚著水塔坐下，被蚊子叮了滿腿，感覺心裡存著母愛的那個袋子被母親親手扯爛，我也順勢坍方，和著淚水成為一片骯髒泥漿。

也曾經做過和母親相依為命的美夢，艱辛的生活裡她能給我雙倍的愛，我便不虞匱乏。但實情是，我們確實孤單，但仍然無法依偎，每每我嘗試向她靠近，無一例外的會被傷害，她否定我的一切，我的喜好我的堅持我的選擇我的習慣我的裡外，我的價值似乎僅僅是父親的後代，因此她所見到的我並非只是我，而是被父親的所有罪過，那些懶散、說謊成性、游手好閒、不務正業的陰影給籠罩著的我，而我病態似的在這方面越挫越勇，嘗試用愛定義受痛，企圖承接她藉著施壓釋放的關心，最終一點一滴將自己耗盡。

但她同時也是那種符合我心裡想像的母親。某頓晚餐時我無意間讚美了這煎魚又香又酥，她要我多吃點，下週開始每天的晚餐都有煎到香酥的魚；吃完晚飯她一邊準備隔天的便當，一邊對我說冰箱裡已經切好我愛吃的水梨。我在這樣的餵養裡一點一點脹大、萌芽，像是被灌溉的植物奮力向陽的長。

望向母親的時候，看見的同時是一片軟綿，和一席深淵。

我不能只選擇軟綿，我必須先跳下深淵，在經歷五臟六腑因為地心引力而秩序紊亂之後，一直到最底最底了，才知道迎接我的是一片軟綿。

於是我不能只愛她，也不能只恨她，愛恨交織成了我們的關係裡最牢靠的根基。我在愛她的時候想到我對她的恨，在恨她的時候想起她對我的愛；她在喚我的乳名時帶著愛，但當她投射自我過往的時候便只能捧著自己，總是失手將我狠狠摔進恨裡。

我的感情不透徹，我也成為不了那種被愛得很透徹的普通人。一個人接收到的愛將成為他的保護網，於是我總是坑坑巴巴，他人純粹的愛意和善意如光一般照過來的時候，我總會感覺到痛，因為必須承認世界上確實有如此純厚、不夾雜著恨的愛，但我給不了母親，母親也給不了我。

我們只能在雙雙慘敗的爭執之後用日常的方式和好，誰也學不會道歉，只說妳吃飯了嗎？我去收衣服就好，好像暫時放下那些足以壓垮我們的內心世界、無視非肉身的傷害就能盡釋前嫌，繼續共同生活。

恨是從不符合預期的愛裡長出來的，當恨意深了，愛卻仍在某個夢醒時分、某個柴米油鹽的瞬間突然膨脹，占滿心裡大部分的位置，那些偏僻的角落，卻依然是恨的世襲國土；而當恨意漸長，愛卻又是如此不堪一擊，只能盡可能縮小自己的身體，希望可以免於恨意增長時無差別的攻堅。

世界要我們學習表態愛，但或許我們更需要學習的是接納愛恨共存的情感：談及愛的時候其實帶著絲絲恨意，提及恨的時候實則罩上朦朧愛意，兩者共存共榮，相斥卻又近乎同名。

愛和恨從不互相消磨，兩者在劍拔弩張的爭鬥之後，被消耗殆盡的，是自己。

舊了的少女

在這些強悍之下，她其實也是少女，
少女並未老去，只是藏在舊了的身體裡。
這是一場葬禮，我卻彷彿看見母親再一次活了過來。

爸爸的告別式上，媽媽用前妻的身分獨自進來靈堂上香，她穿著白色的上衣和淺色的牛仔褲，眼睛已經在初見靈堂就哭腫了。禮儀小姐遞上線香，媽媽接過，跟著司儀的口令，拜，再拜。

我跪著，視線向上，見到香灰跟她的眼淚同時慢動作跌落，幾乎燙傷地面，也看到她嘴角跟眉頭抽搐，狀似隱忍，最後還是忍不住，身子發抖，發出似野獸的嚎哭聲。

我不知道禮俗是否允許我直起身，只能維持雙膝跪的姿勢，持續往她的方向爬，抱住她的大腿和腰身，一下一下安撫。禮儀小姐遞給我厚厚一疊衛生紙，我急忙幫她擦眼淚，她就這樣哭了幾分鐘，收不了，停不住。

這或許是我第一次親眼見證一個人的碎裂，彷彿身體裡有什麼不斷推擠、衝撞，以致於所有的記憶、情緒、情誼、情思彷彿都溶解在眼淚裡，直直的從眼眶的洞，代替自己的肉身，啪嗒墜落。

我從來沒看過她這樣。她被爸爸推倒在地的時候沒有、為爸爸還幾十幾百萬負債的時候沒有、被她的婆婆用惡毒言語詛咒攻擊的時候沒有、她的阿公我的曾祖父過世的時候沒有、我在張揚的叛逆期對她吼出大逆不道的話時，當然也沒有。

我一直覺得她是個堅毅至極的女人，肩背上被扣上屬於另一個姓氏的任務和重擔，卻還是總能挺起身完成；做著最粗糙的工作、領著只夠維持生活的薪水，卻還是能變著花樣，享受人生的邊邊角角。

但或許，在這些強悍之下，她其實也是少女，選擇無視肉身衰老、最輕柔卻又最草率、易傷而激烈的那種少女；雖然沒有穿著整套襯衫和百褶裙，但仍然飛揚的少女。她在愛情上大肆博奕，賭上的是無法贖回的青春年華和一半年歲，以及對那人滿腔的愛意和忠誠，過程說起來字字血淚，終點站標示著血本無歸，但面對那個讓她輸光籌碼的人，她還是，不得不雙手捧起自己的柔軟，一次又一次交付。

媽媽逃家之後，我們有一段日子過得極為困窘，在接納各方幫助後才漸漸轉好，後來她開始固定捐些物資給專門照護家庭失能孩子的慈善團體，多半是白米，我記得她操著台語說：「艱苦過的人，要疼惜正在艱苦的人。」

準備燒庫錢給爸爸那天，葬儀社說要連帶把幾天裡大家合力摺的元寶、蓮花等等一起送進爐子，那天媽媽拿來厚厚一疊淺藍色收據，再三交代我跟弟弟要記得一起燒給爸爸，幾番追問之下，我才知道從她開始捐物資的這幾年來，一直用的是爸爸的名字。

即使歷經來自他的家暴、債務、言語恫嚇、精神病還有若有似無的藥物問題，最後耗費千辛萬苦才簽字離婚，離婚之後還是時不時受到前婆婆和前夫的騷擾，她還是默默幫他積攢功德。問她緣由，她支支吾吾，最後只淡淡說了一句：「只是希望他順順的，這樣大家都好。」

那瞬間我才知道自己骨子裡對親密關係的偏執原來是其來有自的，說遺傳也好、說教養也罷，總之都是她給我的，那種每愛一個人，幾乎願意把自己的整輩子都砸進去的執念與操守，她原封不動放進我的血脈。於是我們每愛一個人，就近乎耗盡一次一生。

所以即使我看見她臉上開始長出魚尾的紋路，我也依然打從心底認為她是個少女。

少女在風華正茂的時候選擇壯烈出走，對於愛情的墳墓，她從容就義，即使遇人不淑，仍然咬牙苦撐，是為了一份關於愛的大夢，更是為了心中的少女；青春潺潺流過，中年轉眼便至，期間遇上諸多遺憾和意外，她只能悄悄收起少女的夢幻，將愛美的心和想任性的性子都藏匿到梳妝台的深處，取而代之的是屬於母親的韌性，還有為了生計不得不的貪小便宜、止不住的嘮叨碎念，含辛茹苦，咬牙扛起整片現實，但少女的小小心思仍然活躍在她的筋骨裡，即使她如何小心翼翼不讓她出來見人，我也能看見少女時不時的躁動，以及對於被釋放的渴望。

少女並未老去，只是藏在舊了的身體裡。

這是一場葬禮，我卻彷彿看見母親再一次活了過來。她的少女陪著她，試圖向過去告別，愛一個人耗盡一次一生，或許從今天起，她終於可以開始她的第二生。

允

咆哮早於頓悟，悔恨先於放下，
我想要允許自己的耗損和偏執，
尊重每個身體和心靈的感知。

大學生涯在最後一次期末考之後宣告結束，還來不及放鬆便開始收拾行囊，分類、丟棄、贈送、裝箱、打包，從早到晚身上都充斥著汗水的酸味，好不容易寄出整整七大箱行李，隻身回到高雄，母親一見到我便時不時叮囑提醒，要我和弟弟找時間驅車前往另一個縣市參拜，叨叨絮絮著我們未曾盡過祭拜父親神主牌位的義務，甚至叨念著父親生前愛吃的零嘴名稱，要我們買些瓜果和糕點零食再前去探望他，對此我嘴上不置可否，盡是些敷衍的回應，實則心底不甘不願。

父親過世之前的幾年我們幾乎毫無瓜葛，我不曾喚過他一聲爸爸，他也無法再給我父愛的溫厚，我們之間有的只是無止盡的矛盾，還有無力處理的創傷。在他過世之後，母親這些刻意親近的舉措讓我感到十足不適，我無能適應這些轉變，更何況這樣的「善意」必須由我主動、也只有我有義務主動。我甚至不知道我這些不情願的違心配合究竟是為了扮演誰的孝順兒女——是已經過世的父親的？還是尚在世的母親的？

忘了是母親第幾次提起祭拜之事，她比先前的嘴上嘮叨更加積極，自顧自在我和弟弟面前替我們訂定前去的日期和行程，我終於失去耐心，那股煩躁和反感從心臟瓣膜往上衝出唇瓣，我嘆了口氣，說：「好煩」。

母親聽見後，毫無時間差的便開始了她的高談闊論，從「妳也是有被妳爸爸疼過的」、「做人不能這樣忘本」、「再怎樣他也是妳爸爸」，最後以「難道妳要一直恨他嗎？」作為告終。

我的雙眼緊盯著手上的書籍內頁，腦袋卻在忽然之間被「難道妳要一直恨他嗎」充滿，像是壞去的唱片機不斷複誦同一個片段，只是壞去的是我。每重複一次，就像有一雙拳頭直直朝我衝來，穿透我的肉身，往我的靈魂深處打去，打碎那個「我為什麼一直好不起來」的沉沉叩問。

母親從不允許我恨。我對父親、對原生家庭的不滿以及不甘對她來說都是不懂得感激的結果，她時常要求我隱忍、轉念、放下、寬恕、接受，於是每每我的恨意初初萌芽，便被她隨手折下，但恨的種子還在，一直在，在原地被我時不時出沒的傷心和焦慮再次誘發成芽，它沒有機會好好成長，沒有機會被理解、被釋放、被灌溉、被愛，更遑論開花甚至結果，它只能一直試圖破土而出，而創造破口總是最痛苦的一部分。

關於恨與和解的途徑是一條長長的路，我是被迫參賽的跑者，且一直被關押在起點，不斷往返於恨意生長最初的痛苦，卻沒有機會往恨意的蛻變與揮發更靠近一點。

於是我幾年來所不斷叩問的問題似乎有了解答，我的恨意需要被排解，而被排解的前提便是被允許。假若恨意的萌發和湮滅有其固定之道，那我也必須親身將之踏踏實實走過一遍。我喜歡拍謝少年的那句歌詞，「清醒的人攏知影／自由的路一定無好行」，生命所派遣的作業必定會經過不斷的退回、撕毀、遺失、重整才能交出，拋開束縛並非我們與生俱來的能力，甚至我也無法斷定自己在有生之年必能習得這個學分，偶爾我會想起母親看著新聞台呢喃的那句「歹路毋湯行」，但或許為了不被綑綁的明天，為了解開原生家庭在我心上狠狠烙下的刺青，我還是得走上那條崎嶇的難行歹路，即使我不知道它的終點遠在何方。

而我多想問她，能不能放手讓我走這一段路，這一段她無法陪伴我走的路？

或許她選擇掩埋那個已經跟著父親衰亡的自己，並且能夠和僅存的自己繼續過接下去的人生，不感單薄也不怨天尤人，但我不願。我不要。我不行。

我想做些什麼，贖回壞去的自己。那些並不是因為我犯錯而壞去的自己，那些被父愛的刀狠狠插滿胸口卻因為兒女身分而必須道謝的自己，那些在原生家庭的動盪裡頭暈目眩卻無從逃脫的自己。

日子從來不會主動放過誰，更何況是像我們這樣沾染了悲劇氣味的人。我們唯有藉著在「變好」路上所付諸的努力，以及沿途中留下的汗水和淚滴才能將這氣味逐漸洗滌。咆哮早於頓悟，悔恨先於放下，我想要允許自己的耗損和偏執，尊重每個身體和心靈的感知，相信恨其實是一條將我的靈和肉重新密密縫起的絲線。

縱使縫紉的過程艱苦萬分，但唯有完整的人，可以留住愛。

我在你愛我的時候，也很愛你

到了今日我才意識到，
那些背著恨意向前走的路，都是回頭路。
我最終還是停在你愛我的時候，
彎彎繞繞，日夜迷途。

今天是父親過世後滿月的日子，日子過得很快，我不怎麼哭，因為有太多待辦事項等著我，以為辦完法事之後就能輕鬆點，實情是還有一堆行政部門得跑，我去戶政事務所，戶政事務所要我先去家事法庭領取證明然後再回來；為了申請教育部的喪葬補助必須去學校生輔組填厚厚的表格，學校生輔組要我去系辦、去會見系主任和班導師，然後是諮商中心，接著再回到最原初的櫃台蓋上最後一個章。

我記得那天打開手機發現自己走了將近十公里，想著這應該就是成人版的大地遊戲：不為遊戲，只是為了讓自己好過一點而套上「遊戲」二字。

我哭得很少，甚至一度在心裡看不起自己，覺得自己沒有良知，同學談笑間說「哭爸喔」，我只能沉默。沒有想過有一天連一句無心的髒話都能讓我想起你。

然後是今天，生理期來潮，癱在床上讀某本暢銷書，作者寫道他首次出書，他的父親走進書店，一字不漏的將他的書名念出聲，跟店員說他要買這本書。

我突然在那幾毫秒的時間內、連書都來不及丟開，便難以自控的在空無一人的宿舍痛哭失聲，我的哭聲難聽至極，但我停不下來，我只要想到如果你還在，即使我依然硬著脾氣不跟你聯繫，你也會這樣做，我就停不下來。

在靈堂幫你摺紙蓮花的時候，有個大哥滿面哀傷前來攀談，說他是你很好的朋友，我沒見過他，他卻說起了我，他說，妳爸爸曾經對妳做錯事，他很後悔，他每次看到我的小孩，就會說起妳，說妳讓他很驕傲。

我想起好小的時候，你最疼我，買回來的玩具堆滿一整間臥室，我調皮搗蛋，仗勢是家族裡的第一個小孩，大家都疼我，總不顧媽媽的威逼利誘，放任一片玩具四處扔擲。某次媽媽盛怒，在我面前把滿地玩具掃進垃圾袋，無視我滿臉淚痕，把整袋玩具丟進垃圾車。我記得小小的我趁媽媽下樓倒垃圾時拿起家用電話撥通你的號碼，那時我的世界裡還只有兩支電話號碼，你是我的二分之一，我哭著跟你說我最喜歡的小熊組合被媽媽丟掉了，你沒有問為什麼，只說，你知道了，喚著你給我的小名：「爸爸會去追垃圾車，把小熊帶回來，小美不要哭，有爸爸在，小美就不用哭。」

稍晚，你比平常回家的時間更遲了一點，進門時手拿一盒全新的玩具小熊，怕我發現那是新買的，外頭還應景的包上了垃圾袋。

後來你說了什麼、發生了什麼，我都忘了，我只記得我是被愛的。

十七歲之後，或說至今，我還是時常忘記什麼是被愛，我需要不斷驗證他人對我的感情才能安心，愛情是這樣，友情也是這樣，反倒是面對親情我總是遲疑，我深怕在盤問你們是否愛我之後，我會得到否定的答案。

我的愛很多，但在要給出去之前總是躊躇，怕收不回來，怕他人不要，於是總給不出去，才知道，太多無處安放的愛，原來會導致自身疼痛。

那你呢，這幾年，你痛嗎？你痛的時候，身上被燒灼啃咬的感受，是否和我一樣？

你走的那幾天，我在社群軟體上連著發了幾篇更新，引來一些業界前輩的關心，還有稱讚。他們說我有寫字的潛力，我把訊息就這樣丟在訊息欄裡，不敢回覆，因為總是想到你。

自小開啟我閱讀的不是繪本童書，是你的手寫信，從純圖片到圖片搭配注音，從一點簡單國字加上大篇注音，再到滿篇文字，畫媽媽、畫我跟弟弟，寫家人之間的親暱，寫做人處事，其中重複最多的大抵是，「爸爸愛你們」，還有「你們永遠是爸爸的驕傲」。這個習慣延續至今，包含你的遺書，也不例外。

一些人對我說「節哀」，但我總覺得我不是哀愁的，我只是傷，滿身滿心的傷，物理性的傷。繩索套在你的脖頸，而或許他們斬斷繩索的時候，也一把砍去我曾經的某些枝枒，那些斷口汩汩流著血，我們的血。畢竟我有二分之一，是你的。

你走了之後，我感覺自己一天一天醜陋起來，我把你的死塞進心裡最深的抽屜，那裡同時還放了我們親暱時的回憶，我甚至不敢整理便匆匆離去。你犯下過滔天大錯，我和你結下血海深仇，過去你鋪天蓋地的愛，我全都視而不見，因為若是我選擇將那些愛收入眼底，我便再也找不到恨的施力點，我不想進退兩難，而愛的風險太重，我便選擇了恨。

而到了今日我才意識到，那些背著恨意向前走的路，都是回頭路。

我最終還是停在你愛我的時候，彎彎繞繞，日夜迷途。

我已經不能斷定現在的這些心境是否能稱為和解，倘若可以，這些和解又是我和我自己的，還是我和你的？
我只是終於可以承認，我在你愛我的時候，也很愛你。
或許我的愛是有去處的，只是迷了幾年的路。

離散

檢察官說，你上吊的地方很明亮。
明亮就好，你黯淡了一輩子，
至少有個明亮的結尾。

1.

檢察官說，你上吊的那棵樹很高大，路人遠遠看到你便報了警。

她還問，我們有沒有住在一起？你平常的交友我清楚嗎？知不知道你生前的財產狀況？對於你的死因有沒有疑義？

我說，我們兩三年沒有聯絡了，我都不知道。

她說沒關係，然後問我認不認得你的字，我點頭。

我當然認得，從小到大你寫過這麼多信給我，我當然認得。

她拿起被雨淋濕、已經模糊成一片水藍湖泊的遺書問我，能不能確定這是你的字？我點頭，那瞬間才意識到，噢，這是你寫給我的最後一封信。

而後大人們忙著詢問怎麼辦拋棄繼承，我滿腦子卻只想著你的字跡，那個幫我簽了無數次聯絡簿、高中蹺課的假單、還有寫下無數封家書的字跡，就這樣跟你一起灰飛煙滅了。我簽了幾個名字，寫了幾遍「父女」，接下死亡證明，把你從冰櫃領出來，想不起來上一次離你這麼近是什麼時候。

活著的人全都在吵架以及推卸責任，中文台語交雜的高亢詛咒，偶爾夾雜著女人的哽咽聲，甚至還差點動起手腳，而你躺在那裡，靜靜的，不抽菸不嚼檳榔也不抖腳了。不哭不笑也不說話了。

他們說，要喊，跟爸爸說上車囉，要跟好喔，下車囉，不要迷路，我都沒有喊，好久沒有叫過爸爸，好像再也發不了這個音節。

我先偷偷跟你說好了，他們說十天後是好日子，要把你送進火化爐，你要記得跑，跑到來生，跑到彼岸，跑到一個新的、好的、美的肉身，行走正道、面向光明，此生走錯的路都要認清。

檢察官說，你上吊的地方很明亮。

明亮就好，你黯淡了一輩子，至少有個明亮的結尾。

來生，來生我們再也不要認識了，你不要邊愛我又毀了我，我也不要只能在毀滅裡才能嚐到父愛。

我始終沒去看你的屍身，如此一來你在我心底便不曾老去。你的道歉我都收到了，外婆常常說「相欠債」，我還是不想原諒你，但或許我也成了將你吊起的繩結之一，所以都結清了，真的，你走好，別掛記。

2.

入殮的那天，我帶了《活著》去看你。

書就放在你神主牌前面，旁邊是鮮花素果，書皮是大紅色，跟我小時候從你書櫃找到的那本不一樣，過去邊讀邊哭，覺得福貴好慘，家破人亡，怎麼余華寫的他總是這麼平靜？等到輪到我了，才知道面對深淵的時候或許是自保機制的作用，要把所有僅存的氣力拿來面對，所以根本沒有餘裕能分給哭泣。

披麻戴孝。來跪下爬進去喔摸到棺木再起來。跟爸爸說幫他買了大厝喔。白米壓大厝，乎恁子孫大富貴喔。

殯葬業的工作人員都好有精力，尾音短促有力，好像如此可以彌補屍身躺平的陰氣。

引魂要回到事發的地方，我跪在弟弟旁邊，他是家族長孫，總是負責擲筊，過去通常隨意擲都能得到祖先的青睞，唯獨這次，試了二三十次，怎麼都擲不到。

我瞪著那棵大樹，他們先前比劃了一下，說是吊在那裡，想著你一定是不甘心，不甘心整個儀式我都還沒開口叫你一聲、看你一眼，索性換我，一正一反，連續三次。

滿意了，你果然在等我。

他們說你今年四十九，逢九要跳過，算五十。二十好幾的時候你在逞兇鬥狠，四十好幾了還在跟人稱兄道弟，一輩子不走正道，不腳踏實地，最終落得妻離子散，散盡家財的下場。

不過都算了，那些我都不想記得了，我就記得你愛讀書就好，他們幫你穿了西裝，化了妝，準備了金銀財寶跟蓮花，卻沒記得讓你帶著書一起走。沒關係，我記得的，這本你先慢慢看，改天我再帶別的來看你。

那個從你的書櫃所認識的世界，最美好的世界，就等同於你。或許我不記別的，就記這個。

3.

頭七當天，帶了《父後七日》來給你讀，媽媽事前再三交代她到不了，要我跟弟弟聽大人的話，最後卻還是在靈堂看到連制服都還沒換下的她。

時辰到了之後，走進來一個江湖氣的大哥，我認了一下，想起他剛剛坐在外面跟其他喪葬業者聊著去韓國好還是去日本好，他無視我疑惑的眼光，逕自走進靈堂，用手拜了幾拜，從供桌後方拿出一襲繡有花鳥的大紅色舊衣服，背對著我們穿衣戴帽，待他轉過身來，我才發現原來他就是今晚負責的道士。

凡人與神諭，原來就一套衣帽之差。

再來便是不斷的三跪九叩，拜，再拜，三拜。服喪那幾天，我總是很低，他們要我低頭、要我拜、要我鞠躬，說跪落、說叩首、說爬。

就像我這幾年面對你時一樣，那麼低，那麼容易被摧毀。

道士在我們前方念經文，一部接著一部，我才知道經文原來可以用台語誦，甚至「念經」不是用念的，而是半吟半唱，搭配木魚跟鑼鼓，偶爾還有特定的手勢跟腳步，像一齣觀眾只有兩人一鬼的小型舞台劇，甚至還有提供中場休息。

上了廁所回來，看到道士已經褪下道袍，斜靠在柱子上，手裡的菸草燃燒著，時不時舉到嘴邊吸吐。

再回神，他已經穿回道袍，手裡拿的不再是香菸而是線香，再次要我們拜、跪、磕頭；誦經文、敲木魚、搖鈴。

待誦經完畢已經是兩三個小時過去，我跟弟弟跪著面對被挪到門外的神主牌以及鮮花素果，道士拿了兩個十元硬幣給弟弟，說要擲茭確定爸爸的三魂七魄已經歸來，沒有聖茭不能停。

奇蹟般的，不若上回那般連擲了二三十次都不得他的應允，只擲了四次他便首肯。

於是直起身，跟著道士念：爸爸，今天念的經文都迴向乎你，你要記得來領功德，領金銀財寶。

我們終於可以脫下刺癢的麻衣，我一邊脫一邊開著玩笑，說以為這次又要跟引魂那天一樣，跪到腳痠脹他才肯放過我們，弟弟聽了對我說：「我剛剛跟爸爸說，我今天穿短褲，跪的地方是碎石子路，很痛。」

原來你也怕孩子喊痛。早知道十七歲的我就不逞強了，若我當時大方對你展現自己被親情燙傷過的痕跡，聲聲淒厲地示弱、喊痛，你是不是就會捨不得，是不是，也這麼快就放過我。

4.

高雄的四月稱為夏天完全當之無愧，靈堂悶熱，葬儀社說冷氣要額外收費，三個小時五百，媽媽咋了咋舌，說算了，我跟弟弟把桌椅搬到走道的陰涼處，開始人手一張金黃正方的紙，幾十秒過後它便成了一顆顆能站立的元寶。弟弟一邊摺、一邊喊熱，媽媽瞪了他一眼，說：「爸爸在裡面也很熱。」那語氣之莊嚴懇切，彷彿已經忘記這幾年因他而起的紛紛擾擾，而是真的心疼他在裡頭容忍酷熱。

死亡是什麼？對我來說一度是「沒有新的可能」，沒有好轉的可能、沒有互相道歉的可能、沒有看著對方的眼睛對他說「我原諒你了」的可能；但或許，死亡也是「不再傷害」的可能，進而開啟好轉的可能、互相致歉的可能，甚至是，彼此放過的可能。

但我還是如此貪心，多想這些可能，是我們面對面、眼對眼之下所發生。

5.

我沒有想到那麼快。收費單據上清楚寫著你躺在靈堂有足足十天，而我彷彿還一直留在你離世的第一天。

告別式來的人不多，一些你過去的朋友，現在的小弟，幾個我不太熟識的遠房親戚，還有好多議員立委和他們的助理。

司儀刻意用哭腔念起思念、放心、好走等等悼念之辭，我幾乎都沒聽進去，我跟弟弟一人跪一邊，按照他們的口令拜、鞠躬、握手、磕頭。跪你的爸媽我的爺爺奶奶，即使她曾經對我說過我母親是個瘋女人；跪你的舅舅嬸嬸，即使我已經好幾年沒見過他們，跪你的表堂兄弟，噢你的親弟弟缺席了，我猜是因為他的第八次進出獄中；一個幾天前就來過的大哥今天也準時來了，記得他當時說他是你很好的朋友，獻完花果之後他從口袋裡掏出一包檳榔放在供桌上，在那一刻我才真的感受到有人記得你。

等公祭結束，膝蓋已經一片瘀青。那些「謝謝爸爸這輩子對我們的照拂我跟弟弟會互相照顧」還有全然不認識的親友致意對我而言實在太過荒謬，帶來的痛覺還不如那幾平方公分的瘀腫。

而整個上午我死撐著不哭，不能哭，不能在這群壓根不熟識的親戚朋友前哭，我幾乎就快成功，直到動棺之後要把你送去火化，短短的隊伍跟在靈車後面走，我舉著寫有你名字的白聯走在第一個，抬頭看見車子烤漆上映照出來的自己。

穿著麻衣，麻帽用兩支小黑夾固定卻還是因為不斷的鞠躬、跪拜、叩首而移位，露出一小片瀏海，還有被汗水浸溼而更明顯的自然捲。

那該死的自然捲，跟你幾乎一模一樣的自然捲。

深吸一口氣，還是沒有擋住急湧上眼眶的淚意，我想起青春期為了滿頭自然捲心急如焚，你帶我進髮廊，幾個小時之後，原本一頭捲翹張揚的髮頓時變得直亮柔順。我和你再也不一樣。

但其實還是一樣的，我們都知道。

你眼裡的我還是那個滿頭亂翹自然捲、沒事就爸爸爸爸叫著的小女孩，我記憶裡的你也不會是整整齊齊躺在棺木裡的一具屍身，是那個對我說「無論如何爸爸都愛你」的人。

我對朋友說，你走了之後，我想起的你都是好的，但我知道你其實沒有那麼好，你不負責任、你把我推進苦痛淵藪、時不時將我零敲碎受。

她說，美化你也沒有關係，那代表我知道，你親手對我施加的種種酷刑都不真的是想置我於死地，是因為你找不到正確的方式表達愛與害怕。

只不過為了這所謂的「不正確」承擔後果的，是我。

原諒二字還是太難啟齒，所以我都說「算了」：算夠了、算盡了、算不完的，所以，算了。

6.

撿骨的時候，好像是漫漫服喪期我唯一和你獨處的時間，你的母親早在告別式還沒結束就中途離席，一如她之於你的童年；你的父親看了幾眼就走出門，眼裡都是慟，剩我跟弟弟對著你剛出爐的灰燼。

夾三塊，每夾一塊對著空氣說，爸爸，住新房子囉。

工作人員把你一鏟一鏟挪進骨灰罈，空間不夠，他拿起一支木樁，像在搗麻糬那樣，把比較大的骨頭碾碎，成粉塵，似炊煙。那個我常常在小說裡讀到的成語頓時占滿我的腦海：挫骨揚灰。

你痛嗎？你怕嗎？你孤單嗎？你恨嗎？你遺憾嗎？

我都不知道，我只知道我在那一刻還是無法自抑的哭了。你在我心裡曾經那麼強悍，我以為你會撐起一個家，最終也不過任人宰割；你一輩子覺得自己不平凡，以為世界欠你一個出人頭地的機會，到頭來還是在粉塵裡打滾。

我有多不想像你，而我又有多像你。

7.

想念你對我而言曾經是一件太難的事，或許在真正意義上的離散之後，我才能理直氣壯的，想念你。

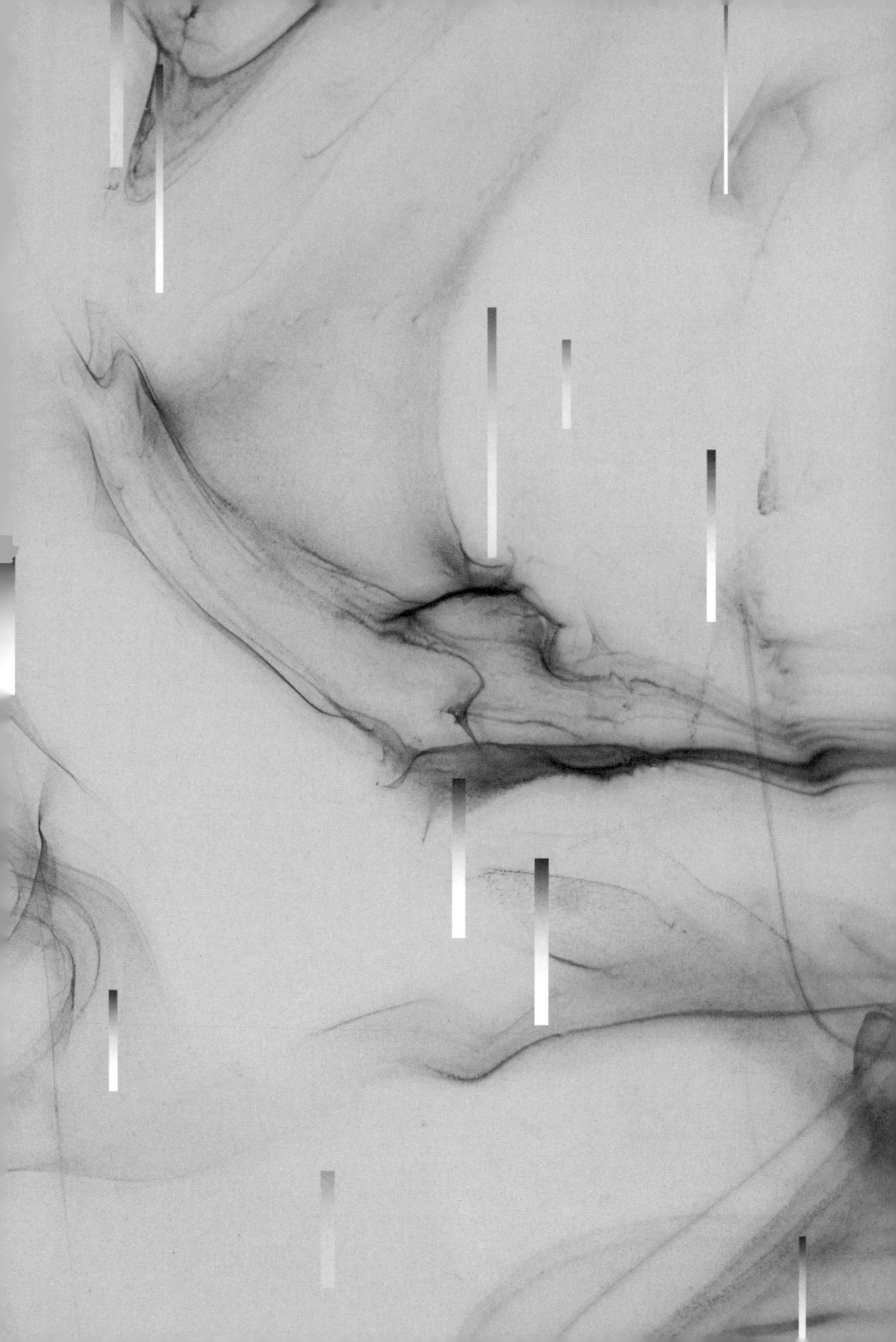

平靜路

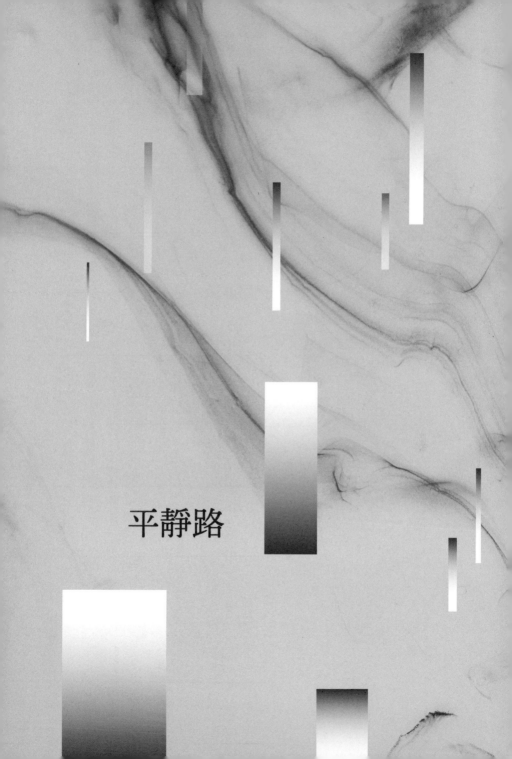

大港男兒

大港是我人生第一場音樂祭，
跟著音樂甩頭跳躍、流淚顫抖的時候，
身邊的人一樣是洪。
他是大港男兒，而我是他的兒女。
他茹苦含辛，以愛為食、以光為飲，
才終於拉拔長大的兒女。

洪的考試暫時告一個段落之後，我們收拾行囊，去了一趟東部，短短的三天兩夜，當作給彼此的犒賞。

比起拍照好看的打卡店，我更喜歡煙火氣濃烈的傳統小吃，喜歡老闆娘一邊賣力洗刷著洗手檯裡上一組客人用過的餐具，一邊朝我們點頭示意，用台語吆喝：「自己找位置坐喔！」那屬於市井的氣息將我層層包裹之後，我即使人在異鄉也不焦躁；而相對人造的建築，我喜歡大山大海更甚，下了火車就跟洪一起騎著腳踏車，從市區一路到海濱，隨意停放之後赤腳走進沙灘，我找了一個消波塊爬上去，坐看擅長與水共舞的洪一步一步朝海中央走。

高二的時候家裡風雲變色，我在學校和家裡都找不到自己的棲身之地，那幾年動不動就蹺課，不想待在家，想到學校也滿心彆扭，常常隨意找一間咖啡廳坐著，研究菜單上有哪些不是咖啡的東西可以喝；又或者捨不得為了一杯飲料獻上一張鈔票，便胡亂在捷運站的角落蹲著，看人來人往的人看著我，揣測著他們心裡是怎麼看待穿著升學高中制服、但又在上學時間卻出現在這裡的我。

迷茫又無助，甚至不知道自己想逃離的是什麼。

某一天我又決定蹺課，當時還沒跟我確認關係的洪對我說：「我們一起吧。」

那天他帶我去旗津的海邊，當下的我們甚至還沒成年，沒有駕照，更遑論交通工具，下捷運之後與他並肩走了長長的路，高雄的日頭一如往常是個硬漢，我滿頭大汗，他則是滿臉笑意。

我跟著他，走進了一條看起來稍嫌荒涼的小路，他說：「我印象中是這裡，不太確定，妳要試試看嗎？」

我不置可否，我是沒有地方去的人，早就不在乎到底會到哪裡。

他沒認錯路，我們抵達了一個杳無人煙的海邊，稱不上美不美，就是典型的大自然之寬廣、之壯闊。

洪是泳隊出身，拿過的獎牌無數，我在高中的水運會見識過他的泳技，也知道他喜歡水。

我轉過身取下我奶茶色的後背包，沒有看他，一邊動作一邊說：「你要下去嗎？我可以幫你顧東西。」

他語氣遲疑，說：「都可以吧，看妳要不要下去？」

可待我再轉過身看他，他已經把鞋襪都脫掉，東西四散在腳邊，土黃色的制服褲往上捲到小腿，滿臉都是對海的渴望。

有時候我會想，我大概是那個時候愛上他的。

一個身處青春期、熱愛裝模作樣的男孩子在獨處的時候突然露出了孩子的神情。那樣稚嫩而鮮美、生動的表情，他獨獨留給了我。

陷入回憶的我因為浪花湧起而受驚嚇，轉頭看洪又回到了我身邊。

我說：「你可以去更深一點的地方沒關係，我在這裡看你。」

他抬頭看盤腿坐在石子上的我，搖頭，笑說：「我在這裡，我跟妳一起。」

五年前他說要和我一起，五年後，他還是說要和我一起。

我總覺得他鮮衣怒馬，有著大好河山，而我殘敗破爛，拖著一身核爆過後的身心。

他是可供聲控的潔白冷暖氣機，我是轟隆聲響、時不時散發燒焦味的老舊吹風機。

他英挺如帝王將相，我則是菜市場角落堆積許久的發臭魚內臟。

但無論我是什麼，在我無力向前之時，他總是會回頭找我，說他要和我一起。

在我第一次看到母親被父親推倒在地的時候、因為填了私立大學志願父親嚷嚷著要去死的時候、在寵物清晨過世而我甚至沒有見牠最後一面的時候、在母親對我哭訴她這些年為了小孩而吞的苦的時候，他都和我一起。

這幾年我早已哭成海，彷彿所有人都被我的海遠遠隔開，我極度孤獨恐懼，只能繼續哭，最終成為一座孤島。

只有洪縱身一躍，孑然一身游進我的海，在我心底緩緩堆柴取火，燒乾我的水氣，照亮一方黑暗，引我這片孤島一步步走向他的大陸。

不若我的孤島上一片荒蕪、四處坑洞，他那裡有花有樹，有草有果。還有亮晃晃的光。

很久以前在駁二的港口替洪拍了一張以海和輪船為背景的照片，我將其放上社群網站，內文引用家鄉音樂祭的名稱，寫著「大港男兒」。

大港是我人生第一場音樂祭，跟著音樂甩頭跳躍、流淚顫抖的時候，身邊的人一樣是洪。

他是大港男兒，而我是他的兒女。

他茹苦含辛，以愛為食、以光為飲，才終於拉拔長大的兒女。

而我們的未來，換我在他苦難之際對他說：「我和你一起。」

不再是少年

你就是我的青春，
於是無論我長到多少歲、離鐘聲響起有多遠，
只要跟你在一起，
就能永遠年少，就能一直輕狂。

我和洪的考試週通常是這樣的：分隔兩地埋頭於書本跟錄音檔，在各式法條跟理論之間，一起打滾至雙雙焦黑；有著比平常更少的相處時間，還得獨自待在自己的城市更久、更久一點。

今天好不容易擠出了一點時間能從電腦螢幕上見見他，說說笑笑之餘，竟開始翻找高中時的照片。我們都不一樣了，他剪去及腰的長髮，放下了當時視之如命的吉他，笑起來的時候，那股原有的不羈淡了幾分，多了些許穩重的氣質；我添了幾公斤，還有一些不得已的世故，當時渾身的銳氣跟牙套被一併褪去，曾經引以為傲的稜角也被時光和際遇打磨殆盡；但我們也都還一樣，在平靜無波的日子裡，相互珍惜、寶愛、赤誠相待，而若是當對方迷亂不堪、內耗不止，盡己所能守護便是。

親愛的　我在你淡漠的臉上看見強烈的瞬間
那是是非　那是不移的信念

你知道　你正在追尋一場夢或許不會有明天
孤單與失落　還是讓人覺得好累*

我的成長過程是一次突如其來的限時越野賽，沒有任何提示，突然之間就響起震天哨聲。落難之餘，逼著自己從一只幼獸膨脹成空心的大人，以至於我一直覺得自己是被青春拋下的人，當身旁的人談論著青春期的瑣事：那些被斤斤計較的誰跟誰一起吃飯、上廁所，誰有多想當上某某社團的幹部或社長，誰頂撞了師長又翻過了圍牆，誰偷偷穿了不和服儀規定的服裝，我從來沒有共鳴，我的畢業紀念冊上沒有奇異筆的痕跡，沒有珍重再見或者鵬程萬里，我也沒有留下那件養樂多色的制服，沒有在畢業典禮和同學相擁、痛哭失聲，沒有參加過畢業後的高中同學會，我的生命彷彿沒有過這一段被眾人留念不已的日子，沒有人證更沒有物證，被我留下來的，和青春有所相關的，只有他。

已經不再是少年　而你還不願妥協
那請讓我陪你渡過漫長黑夜
讓我守護你的驕傲　安撫你的脆弱
不需要害怕弄痛我　也不需要感到抱歉

還只是朋友的時候，我們剛加入社團，第一場對外的演出結束之後我餘悸猶存，他買了我喜歡的布丁送來，說我很棒；段考前不想繼續案牘勞形，一起在只有幾盞路燈的操場散步，一圈又一圈，父母親開始日夜爭執，我還沒適應那般尖銳的日子，一週逃課兩三天，他二話不說帶著我到西子灣看海；失戀了，渾渾噩噩過著悽悽慘慘戚戚的日子，他寫了信來，不說安慰的話，只說不要跟他客氣；生日的時候，他送了我捨不得買的專輯，是當時我喜歡的樂團所有作品裡我唯一缺的那張；懵懂而大膽地互諸愛意之後，一起走過高雄的各個路口，二聖路吃早午餐，三多路逛大遠百，五福路走城市光廊和新崛江，七賢路吃麻辣鍋，十全路的二輪電影院八十元可以一次看兩場電影，高中校門走出來是光復路，往他家去會經過越來越熱鬧的澄清路，而他總是為了載我回家過家門而不入，那是人車壅塞的本館路接著明誠路，怕鄰居看到男孩子載我回家向我父母親告狀，所以放我在離家步行五分鐘高等法院，他自己沿途把剛剛經過的路再騎過一遍。

他就是我的青春。他看過我最稚嫩的樣子，我還沒開始進行牙齒矯正、虎牙倒向右邊的樣子、我尚未受到原生家庭的磨損，對這個世界從不誠惶誠恐的傲慢、我敢怒敢言，甚至自視甚高的莽撞，他都看著，記著，甚至愛著。

有人說青春貴在沒有煩惱，我說不是的，只是青春期的那些煩惱，是在我們長大了之後不會再有的。他見證了我也曾有過那樣的煩惱，那種我現在回頭看會不以為然、但對當時的我卻是龐大到足以頂天立地的煩惱，那個以為長大還不過就是那樣而已，天真而不可一世的自己。

已經不再是少年　還是一樣的熱烈
那請讓我聽你說　為你祈願
如果明天這個世界就要毀滅
還有你天真的笑臉

人們總是懷念年少，眷戀十七八歲時連衣著不整進校門都好似威風八面的時期，而你知道嗎，如果你能一直在我身邊，「不再是少年」，將不再是一句詛咒：世人嚮往一同白頭，而我但願和你一起長大，攜手面對成長所需承擔的責任和重量。你就是我的青春，於是無論我長到多少歲、離鐘聲響起有多遠，只要跟你在一起，就能永遠年少，就能一直輕狂。

＊猛虎巧克力〈不再是少年〉。

送你
一份盼望

從此以後，你便是我的造物主。
你給了我第二條生命，
我再也不說浪漫的話，
只呢喃你的名字。

在我還很小的時候，媽媽就已經被父親拳腳相向過，我一直到懂事之際才知道這件事情。

我記得她告訴我她不只一次從睡夢中哭醒，以為自己又回到那天，被壓在主臥室衣櫃的角落，面對心愛男人的拳頭，想著原來愛即是毀滅。

問媽媽為何第一次不走？她說：「那時候也很想離開啊，但是有你們，有什麼辦法。」

我無法辨識她的眼神，好像帶了一點怨懟，又有一點身為母親為了母愛隱忍的光輝。

後來的好一陣子，我不敢看她的眼睛，甚至也開始對自己的存在感到厭惡，如果我的存在是約束他人的，那我是否也是加害者的一部分？

是我絆住媽媽逃跑的雙腿、拉下她求援的雙手、摀住她求救的哭喊，逼著她只能繼續留在這個烏煙瘴氣的空間，承受著名為婚姻的暴戾。

我至今無法讀懂媽媽那雙與我相似的眼睛，我們有著一樣細長的蒙古褶，一樣濃而長的睫毛，人們總說我的眼睛像她，我卻讀不懂她眼裡的怨懟究竟是給父親，還是給我。

然後是我連著幾年破碎而不間斷的嚎哭聲：我的存在是約束他人的。我根本不應該被生下來。

或許我不應該存在？原來我不應該存在。

緊跟在我一聲聲號哭之後，是洪一聲一聲的呼喚。

他用最溫柔的語速和最和煦的目光說，那是他們的選擇，也是他們的責任，不是我所該擔負的。不是安慰、沒有同情，是理解，理解我所畏懼跟無力拋開的陰霾所指為何。

當我嘶吼著世界上沒有人愛我了的時候，他說不是的，要我看看他，還有他愛我。

當我哽咽著說我再也沒有家了，他擁抱我，力度像是磚和瓦。他撫摸我，圈住我，擁抱我，親吻我，接納我，用心看我，愛我，照顧我，接住我。

而連洪都不知道的是，我蹲在那個頂樓對著下方車水馬龍瑟瑟發抖的時候，他剛好來了電話，我的眼淚撲通撲通掉，他察覺了之後沒多問什麼，只說我是最棒的，聲音像是染了漸層暮色的天空，讓我幾乎忘記這個世界的烏煙瘴氣。

我才開始又有了嚮往生活的能力，想要跟這個聲音一起過盡所有再平凡無奇不過的日子：我們要在整天的勞動之後擠在同一張桌子吃晚餐，電視裡的戀人總是面對面坐在餐桌的兩端，但我依然要占去他左手邊的位置。我會把挑出來的紅蘿蔔丟到他碗裡，他三兩下就吃掉一碗飯，我們的狗在腳邊竄，然後我和他互相依偎在鋪了灰色床單的雙人床上頭，我可能又會做噩夢，但驚醒之後的嗚咽聲會讓他把我抓進懷裡，安撫式的拍打我的後背，他像照顧嬰兒那樣照顧我，從我上一次死了的時空撿起我，拍拍我身上的塵土，再次把我養大。

某次無意間看到一位演員得獎之後的致詞，他說「是因為有你，我才能有今天」，我只想說，如果有一天，我能有幸手握獎盃，在台上說出那句「是因為有你，我才能有今天」，你要知道我的意思是，謝謝有你，我才能有昨天、今天、明天、無數個明天。我才能繼續跟這個世界奮鬥，最終找到自己的棲身之地，和世界、和自己和平共處。

二十歲生日的時候，我形容「終於是撐過動盪的十九歲，和二十歲的第一天碰了面」，二十一歲的時候，天昏地暗，百廢待舉，我連生日都哭著過，一句話也沒說。

我曾經活得驕傲又嬌縱，後來被命運一巴掌打趴在地上，沾了滿身碎石爛泥，從此過生活就如同走鋼索，小心翼翼，時不時想放棄，但又耽溺於人世間的各種溫情。

我曾經對一切都感到失望，面對生命的失序，無法控制自己的思緒走向毀滅和爆裂。但當我一步步走向深淵的同時，我總是期待著有人會來救我：他會牽著我的手，在我的無名指掛上一副鑰匙，給我一雙肩膀，還有一個家。

今天我二十二了，我在洪的愛裡面看到我的家一磚一瓦地逐漸成形、看到我自己曾經的瘡口一點一點地長出粉嫩的小肉芽。

我不再滿目瘡痍，我開始轉頭告訴那些仍在痛苦裡打滾的人，用最真摯的語氣，我說你們要有盼望。

直視深淵的時候，不要害怕，你要相信有一個人正在趕來的路上。

他會帶來你已經好久未曾碰觸到的溫暖和光亮，他會讓你感覺到被愛、被珍視，他會陪你一起趴在地上，伸手抹去你臉上的髒汙，不說你好可憐，只說你辛苦了。

「妳已經辛苦那麼久了，要開始過好日子了。」

是啊，你來了之後，我就要開始過好日子了，你替我帶來了盼望和展望、安心和開心，有你的日子，怎麼會不好呢？

從此以後，你便是我的造物主。

你給了我第二條生命，我再也不說浪漫的話，只呢喃你的名字。

住進愛裡

原來我不用再扮演誰，也可以被愛。
謝謝你修補我的裂縫、吻住我的腐朽；
謝謝你，願意喜歡這樣的我。

難得相聚的時候，睡前洪會邀我隔天跟他一起去運動，鍛鍊鍛鍊我懶散成性的身體。

多半是他去健身、我跑步，結束之後兩個人汗淋淋地會合。

某次結束之後我去了洗手間，看著鏡子裡面汗流浹背、滿臉通紅的自己，想著或許這便是被愛。

他開始在意我的身體如同在意他自己的，而我不再對狼狽的自己遮遮掩掩，可以很坦然地用任何姿態面對他的視線，即使那樣的真實大多不甚美好。

擁有共同的生活是很艱難的，一起生活也從來不只是牙刷跟餐具多了一只，而是忘了洗的餐具、積了污垢的馬桶、隨意放置的衣服，還有抬頭不見低頭見的那張臉。是自願放棄距離的美感重新審視眼前這個人，同時也是放棄距離的保護，讓他看清楚更真實的自己。

我從國中開始就覺得自己的黑眼球不對稱，後來只要不戴上有色隱形眼鏡我就不敢見人，高中的時候因為角膜炎不得不停止配戴一陣子，那幾天我寧可不跟當時的伴侶見面，也不願意讓他看到我戴著眼鏡的樣子。

更小的時候，我曾經在某段關係裡因為對方的一句話開始拚命節食，先是對「咀嚼」這件事感到作嘔，食量逐漸減少。演變到後來，一整天的進食量只剩下一顆水煮蛋和白開水，每天盯著體重機數字，只要小數點往上跳了幾階就覺得自己羞於見人；對方甚至曾皺著眉頭上下打量我，嫌棄我的腿不好看，於是我連著兩年沒有膽量離開長褲，即使當時我生活在高雄，即使夏天隨便就是三十多度。

之後的幾年，我一直怪罪他對我身體任意的評價，覺得都是他的錯，我才會在當時活成了那般了無生氣的樣子。直到跟洪的關係逐漸穩定，也有餘裕檢視自己究竟被他影響了多少，我才開始意識到我自己也有責任，我似乎從沒有愛過自己。

我的生活充滿了虛張聲勢，看起來對自己的任何特點都引以為傲，但卻時常會被突如其來對自己的厭棄折磨到不敢照鏡子、不敢出房門、不敢聽別人喊我的名字……沒有人告訴過我該怎麼面對這樣強烈又直接的感受，我只能在它對我露出獠牙的時候躲在床上，用力抓著被角，聽著它無聲咆哮，等待它肆意席捲完畢，終於願意起身離開的時刻。

於是當愛人對我顯現出任何一點不滿意，就像把我拎起來，掏空我僅有的自信，一腳踩碎之後，再把我棄置在碎片上。

「他終於還是看到我不符合他想像的地方了。我終於還是讓他失望了。」

我太懼怕這樣的日子，即便我懷抱了一場成家的大夢。

我對自己的真實毫無自信可言，我害怕被看穿，也害怕讓他失望，更害怕假如自己看到了他的失望，我又對自己有多失望。

這樣的害怕幾乎壓過了我對共同生活的憧憬和嚮往：假若我成了他想像之外的那個我，他還會愛我嗎？

而洪用盡了所有可用的語言和舉動，哄著、騙著、無比耐心的、一點一滴告訴我，我們可以的，我們可以同時真實並且值得被愛，甚至所有我羞於見人的那一面，都可以大方地向他展現。

而後洪成了我的樹洞，我把那些極力塵封的陳年往事都往他那一股腦地倒，我開始告解那些為了爭取被愛而說的謊、以為裝模作樣就可以得到某些人的喜歡。

我在年幼的時候，因為覺得父母的注意力都被弟弟搶去，於是就常常趁長輩不注意時掐他白白胖胖的胳膊，只要看他哭泣的樣子，就覺得出了一口惡氣；也在某一段關係裡因為看到對方需要被仰望，便假裝崇拜對方，在他說某些話的時候睜大眼睛，實則神遊太空，我相信這會使他更愛我；而當遇上另一個男孩，大大咧咧在晚上跟別的女生通電話，並自稱這是他嚮往的自由時，我則隱忍而縱容，我以為只要給出他要的，他就會喜歡我，卻在每一次撥電話過去，聽到清脆女聲說出「您撥的電話通話中」就掉眼淚。

過去每一段以失敗告終的關係都看不見我的樣子，只有我極力扮演成對方所喜歡的某個角色，連我自己都無法辨識它的屍身。

我沒有勇氣讓他們進來我的閣樓，不敢讓他們看見我充滿灰塵的模樣，我是這麼精心地將自己打扮得純白而潔淨，但仍然害怕他們任何一次的噴嚏。我總是驚慌，深怕是自己落下哪片塵埃忘了清理。

這樣的路我走了好久好久，總是在自己還沒察覺之前就已經往愛人的喜好靠攏，而遇到洪之後，他總是跟我說「妳好我就好」。

我找不到他的喜好，只好開門見山地問他：「我要做什麼才能讓你開心？」

「做妳自己。」洪淡淡地說。

那是比任何言詞都更靠近承諾的一句話，我終於能夠大意過生活，並且用最自在的姿態度日，卻仍然不感空乏，只因為我的光、我的刺、我的裂縫、我的腐朽、我的晦暗，都住在他給的愛裡。

最好的生活

承諾就藏在生活裡，
藏在我們每一個陰雨綿綿或風和日麗；
藏在日常的難分難捨，
又或者爭執過後的冷漠疏離。

我從小便看著母親和生理痛之間的鬥爭，看著她每個月總有幾天脾氣暴躁，揉著下腹部，眉頭緊鎖。再大一點，偶爾她會要我幫她泡上一杯熱氣直冒的黑糖水，她總說：「放一塊糖就好了」，聲音沙啞，而我會再多幫她放一塊糖。

再後來就換我了。

從初潮開始，每個月一次的生理痛便纏上了我，不離不棄，從來不曾缺席過。

若是碰上能夠癱在床上昏睡一天、徹底休息的日子還勉強撐得上是無恙，偶爾不適到難以自理，便就著開水吞下幾顆止痛藥，母親總是說：「忍忍就好」，所以我也習慣這般被動地承受它，好在睡上一天之後，再喝些溫熱的湯湯水水，元氣便能大抵復原。但開始四處打工之後，便時常在工作環境裡被生理痛折磨至不成人形，蒼白著臉和嘴唇、按著下腹、偷偷蹲在角落，大口大口呼吸，只求這陣疼痛快點過去。更嚴重一點，則是快步走向公廁，冒著冷汗、抱著馬桶嘔吐，耳邊還有著其他還在排隊的人的談話聲。

來自子宮的痛彷彿是對一個人此生的詛咒，我曾經怨恨過自己的性別，甚至一度以為「受痛」大概就是生而為女人的使命和根本。

那個用來孕育生命的器官，明明應該灑滿歡樂和愛，怎麼卻被灌進了無數痛楚，和對自己身體的怨恨？

我的第一個熱敷墊是高中時自己買的，那次的生理痛特別嚴重，像是有人從體內連續幾個小時痛毆我的下腹部，而我無處可躲。

某天清晨，天都還沒亮我卻又被痛醒，耐受力到了極限，打開某個二十四小時到貨的線上購物網站，隨意挑了一個還能接受的價格就下單了，印象中它花了我當時整整一週的飯錢。

它的最外層是一層淺藍色的絨布，薄而輕，外型和功能都很陽春，可以簡單調節時間跟控溫，而有了熱敷墊之後的生理期終於不再像是一場定時定期的內耗，剛敷上的時候，可以感受到子宮不停收縮又放鬆，而經血從雙腿間汩汩流出，同樣腥紅的過程，少了疼痛之後，似乎就不那麼暴烈。

上了大學之後住進宿舍，熱敷墊也成了我必備家當的一部分，除了自己用之外，其他有著生理痛困擾的同學也時不時來借用。某一次其他寢室的同學歸還之後，我赫然發現它故障了，偶爾幾次功能正常，通常則是失能，因為並不是當下發現，所以難以咎責，而那樣一個簡單而陽春的熱敷墊，對當時正經歷著家變和貧窮的我不只是難以肩負的開銷，更是美好生活的指標：我能夠仰賴自己的力量脫離受痛的不適，又或者是，我已經知道世界上存在著兩種生活方式，一個是可以用資源換取相對舒適的生活，另一個則是有較重的負擔必須承受，而我有能力而且有餘裕能夠選擇前者。

熱敷墊壞了，我只能硬著頭皮迎接下一個生理期的來臨，室友見我瑟縮的樣子拿來她的熱水袋要我將就著用，但時不時要起身換熱水維持熱度，對疼痛中的身體又是另一種磨難，折騰了大半天，換來的是我仍然持續不斷、沒有好轉的疼痛，以及心理上的低潮。

晚上照慣例跟洪通電話，說著說著又哭了，我期許自己有個強健的心志，但實際上我連肉體上的脆弱都捱不住，甚至我的軀體還連帶拖著我的心志，一起跳向地獄。

我為疼痛而哭，為自身的脆弱而哭，為生活難以自控而哭。

任誰都有墜落的時候吧，有時候不是戲劇性地、有什麼龐然大物拔山倒樹而來，或許更多的是生活中的細瑣繁複在你無意識的時候，將你一圈、一圈纏繞，直到你連呼吸都緊迫，你才發現你的籌碼散落一地，而你早已動彈不得。

隔天洪騎了半個鐘頭的車去市區替我買了一個新的熱敷墊，比原先的更大、更厚實、更有分量，一向節儉的他替我選了店裡最好的那個，嚴肅卻不失溫柔地對我說：「這種錢不用省。」

這份不在特別節日送出的禮物不僅不浮華，也不讓人垂涎，但它成了我在這段關係裡最珍藏的物件。

其實承諾就藏在生活裡，藏在我們共度的每一個陰雨綿綿或風和日麗；藏在日常的難分難捨，又或者是爭執過後的冷漠疏離。

你解開了生活在我身上綁的死結，替我重新繫上了勻稱的蝴蝶結，我頓時有了能帶我離開地獄的翅膀，不再惶惶不可終日。

而最好的生活，其實也不過是你捨不得我受痛，你希望我過得好。

從墜落的時光走向你

我是他用生命做出來的泥娃娃，
這輩子都將挾帶著他的掌紋生活。
愛別離之苦難嗞，
而我甚至還無法將他割捨成「不愛」，
這使我無比絕望。

我的閱讀習慣來自父親的身教，打從有記憶以來，我就和父親，也和書本親密無間。

父親的閱讀品味廣泛，繪本、漫畫、小說、散文、雜誌、報刊都能在家裡的書櫃找到；稗官野史、文學大家、通俗小說、搞笑漫畫皆為他的守備範圍，而我自小也跟著他流連於高雄的各個書店，小時候記不得各家書店的名字，最終倒是自行研發了記憶的方式：「黃色的」是金石堂、「圓形的（展櫃排列）」是誠品、「香香的」是出租漫畫店。

我記得每隔一段時間父親總會帶著我和弟弟到書店大肆採購，到了很久以後我才知道那是發薪日。

那是屬於我和父親的燦爛時光，當時的我還沒長大、他尚未枯萎，我對他抱著滿滿的愛跟崇敬，他也還堅守著身為父親的龐大責任與義務，他是我的大樹，是我的根，而我是他呵護備至的花。

十九歲之末，母親逃難似的離開家，父親成了藏在閣樓的鐘樓怪人，最終自卑生自大，面對不合己意的人事物皆咆哮以對，而他將我逐出家門之時，我把所有的書都留在他的住處，至今找不回那麼一本。

幾個月之後，我才意識到我不再閱讀了，除了課業上的文本以外，宿舍裡其他的書本都被我封進紙箱，眼不見為淨。

只因為每每捧著書的時候，指尖總是被紙張撕咬著，像是從手指要劈開我的皮肉、引出我的鮮血，要我嗅聞舔舐、要我知道即使我如何懼怕和怨恨，我跟父親的連結依然健在。

每一本書都在提醒我，我不可能不是他的兒女，他在我身上曾經留下那麼多痕跡，我的五官和髮質都像他，我跟他有著一樣的興趣。

我是他用生命做出來的泥娃娃，這輩子都將挾帶著他的掌紋生活。

愛別離之苦難嚥，而我甚至還無法將他割捨成「不愛」，這使我無比絕望。

書店的電子會員一路從鑽石等級往下掉，先是白金，而後黃金。某次課程需要自行購買課本，我在會員登入的首頁愣了好久。這幾年我換了手機，電腦也不是原本那台，系統沒有資料，我也忘記密碼了。

但我還記得他，一遇上任何有關父愛的題材，我就還是那個受了傷的小孩子。

是他領著我進入閱讀和創作的大門，最後卻成為了我的傷口，而我依然只能用一次又一次的創作清理心底不斷泌出的膿血，這使我在排解痛苦的同時又必須持續面對痛苦。

那幾年我是發皺的人，被記憶、親情、自我質疑、同時向內外生長的怨恨摺了又摺、揉了又揉，原先澄澈的靈魂就這麼長出了幾條疤，明顯而醜陋，一碰就疼，疼了就哭，直到眼淚浸滿我的眼睛，讓它暫時看不見過往的好與壞，只能專注於當下。

而我看見的，是跟我同樣年歲的洪努力成為我的父親的樣子。

他在我受痛之時給我一劑安穩、在我惶恐不安之時用最穩重的語氣對我說「沒事了」。

每個傳統節日，家家戶戶都趕忙著團圓的時候，他撥來電話閒話家常，字裡行間都是沒說出口的「還有我」。

無處可去的時候，他指著租屋處的幾個櫃子說：「妳的東西可以放這裡」，而後瞇著眼睛說：「我幫妳買了鮮奶，在冰箱。」

出門吃完飯，他拍拍我的頭，說：「我們回家了。」

偶爾我噩夢不斷，忽然驚醒，看著他還在睡夢中但仍大手一伸把我拉進懷裡、安撫式地輕吻我的額頭，我心底標示著「安全感」的空罐，竟好似被填滿。

我開始越來越愛他，用愛愛人的方式，也用愛父親的方式。我哭的少了，說出的那些關於未來的句子則是漸增。最一開始不知道這是什麼，只知道我好像可以看見未來的顏色了，然後才察覺自己好似漸漸的、很緩慢的在和過去的自己和解。

某天睡前我趴在他身上，問他「你會給我一個家吧？」

「會的。」他說。

那瞬間我閉上眼睛，眼前出現幾個女孩，那是十九歲的我，還有二十歲的、二十一歲的。她們有著不一樣的打扮：十九歲的我喜歡緊身褲和靴子，二十歲的我喜歡粉嫩的顏色，二十一歲的我喜歡過膝的中長裙。

而她們的手上則抱著不同的東西，有電影海報、有音樂光碟，還有一串鑰匙。
她們共同點是，每一個都是哭著的。
被電影的情節、被某句歌詞、被別人手裡的鑰匙惹哭。

而現在的我突然出現，朝向她們奔去，然後用力的、緊緊的、一個接一個將她們環抱。
我對著她們、也就是對著我說：「我們都不哭了，我們會有一個家。」

她們直直看向我，十九歲的我先伸手擦去眼淚，然後對著我笑，接下來是二十歲的、二十一的。
她們笑過之後，突然之間就消失了，成了滿地金黃的粉塵。
而我站在原地，身穿的是因為受不了大肚山的風而買的粉色大衣，當時我站在店裡數著吊牌上的零遲遲不敢去結帳，身邊的洪見狀，掏出錢包，說：

「沒事，我們去結帳。」

再睜開眼，是洪對我說：「睡覺了？嗯？」

我向他道了晚安，抓著他的手指沉沉睡去，夢裡有他替我等門。

上個月心血來潮，跟洪吃完晚飯後步行去附近的二手書店逛逛，順手就拿了兩本朱少麟的小說結帳。

出了店門口，我強忍興奮至欲泣的感受，問他：「以後家裡可以有大大的書櫃嗎？」而後用手在他的瀏海處比劃了一下，「大概跟你一樣高？」

他說好。神情溫柔寵溺，就像曾經的父親。

世界不曾待我以溫婉，幸虧有你，在我踽踽獨行時成為我的旅伴。

日常練習

當動盪不再、不安已平，一切都是無聲而靜默的，
我們不再用各式各樣的言語或是行為驗證愛情，
而是放任它自行蛻變，相信它會在生活的長鏡頭裡，
化蛹結繭，生長成最適切的樣子。

洪開始備考之後，作息有了大幅的調整，每天大概清晨六點多，他就醒來讀書了。一起過夜的時候，常常一大清早就被他替我蓋棉被的動作給吵醒，今天也不例外，向他撒嬌了一陣子之後，我才又重新躺平睡回籠覺。再醒來的時候，我側著身子，才睜眼就看見一座凌亂的枕頭山，問他這是做什麼用的？他說是怕書桌的檯燈刺眼，要替我遮光。洗漱完畢，看到桌上有一杯鮮奶，他說是倒給我的，「剛起床別喝太冷的，先幫妳退冰了」。

他的表情一片淡寡，但只有我能讀懂他薄唇之下的溫柔。

更年少的時候，想像中的愛情都是偶像劇式的：要有人落難，另一方不辭勞苦都要前來搭救；或許大肆爭吵，然後一邊氣急敗壞，一邊又哭著，捨不得他離開；可能會有不告而別，而在不告而別之後，是驀然回首，那人卻在燈火闌珊處。

再長大一點，才知道這些都是誤導，每個人都覺得自己應該是那個最特別的角色。但就像宋冬野口中所唱的：「生活是這樣子，不如詩」，不是詩，自然也不是電影或是連續劇，我在經過了幾段關係、被公主與王子永遠過著幸福日子的夢大肆嘲弄過以後，才發現在這個人人懷抱著一場關於主角的黃粱美夢的社會裡，正視平凡、體認平凡、甘於平凡，其實才是最特別的。

我總是在尋找，尋找愛情最真切、最容易被指認的模樣。起初我以為它是爆烈而絢爛的，是《*Léon*》裡 Mathilda 對 Leon 說「I want love, or death.」；而後我以為它是恆久悲傷的，是將自己全然傾倒以後的無以為繼，終至枯萎，乾旱一生，愛情應該是波瀾的、是起起伏伏、動盪不定，是抓不住也捕不著；是央求它的時候它不肯來，想要脫離它的時候，它卻又不願走。

而我未曾想過的是，愛情可能只是很自然而然，沒有條件，亦沒有戲劇化轉折的。

它只是一層清透而澄澈的透明薄膜，看不清也摸不著，卻緊緊地包裹住兩個人的生活，牢牢地貼合了雙方的每一吋感官。

我在吃飯的時候主動替他剝他愛吃的蝦，是愛；他在我還沉睡著的時候靜悄悄起身怕吵醒了我，是愛；我願意每週舟車勞頓只為見他一面，是愛；他把水果一瓣一瓣仔細去了皮跟籽才送來我面前，是愛；相隔兩地的時候互相提醒著對方「要照顧自己」，也是愛。

當動盪不再、不安已平，一切都是無聲而靜默的，我們不再用各式各樣的言語或是行為驗證愛情，而是放任它自行蛻變，相信它會在生活的長鏡頭裡，化蛹結繭，生長成最適切的樣子。

愛情搖身一變，擺脫了我們對它既定的印象。沒有起起落落、崎嶇蜿蜒的劇情，只剩下細細長長、輕輕柔柔的溫情，只剩下「我是你生命裡時常被惦記的那個人」，於是無論我走到哪裡、正為了什麼而努力，總有一個人把我配戴在心上。

曾經你是那種最溫煦的聲響，渾身散發著金黃色的光暈，喚著我的名字，指著未來的方向，要我放心跨出步伐。

而後你親手洗去我滿身的塵埃與苦難，用每一頓飯、每一首歌、每一場電影、每一次擁抱、每一個吻別替我重新上色，我沾染了滿身你的色調，我們逐漸纏繞而繾綣，越活越有對方的樣子。

我的鞋櫃裡開始出現我從前最不敢恭維的黑色高筒帆布鞋，因為那是你的基本配備；播放清單裡開始有過去聽不懂的金屬樂，因為那是你的摯愛。

我們的生活開始交疊，習慣逐漸統一，作息相互影響，甚至連鼾聲都有了類似的頻率。

越來越多人說我們長得有那麼一點相像，時不時，我們會異口同聲說出某句話，又或是哼唱起同一首歌，然後相視而笑。

當我們不再將愛時時刻刻掛在嘴邊，卻是時時刻刻都在相愛。單有平淡從來都不夠，更重要的是有一個人，他能夠看穿平淡之下，處處都是我愛到發燙的痕跡，他能夠翻開看似無趣的日常三餐、早安晚安，知曉深埋在反覆之下的，是我每日每夜，以愛為名的日常練習。我們能夠讀懂彼此各種無以名狀的熱切感受。

親愛的：如果愛情是一場練習，但願我們越來越熟練，而且永遠不感厭倦。

豢養紀實

我原諒你，因為我非常、非常愛你，
愛到願意讓自己更加堅強，直到我能夠接納你給的傷心，
待我有能力理解它們的意義之時，
我才能意識到原來你已經用你的方式在愛我，
愛了好久好久。

上個週末跟洪為了見面的時間隔著電話吵了一架，他指責我總是只顧著自己的需求，不管不顧他考生的身分；我問他為什麼近來對我總是嚴肅，從來不懂得照顧我的感受？遠距離的爭執是很令人疲乏的，見不到面之下，只能臆測對方的心思，明明想要放下稜角大肆擁抱對方，卻時常在劍拔弩張之下進退失據，只能潦草結束。

「我覺得很煩，不想說了，我要去睡覺了。」這是每當起了爭執洪向我舉起白旗的方式，初確定關係的時候，我很不能接受他這種作法，明明雙方有所爭論，但在還沒把事情處理好的狀態下就先躲回自己的安全領域，美其名是彼此冷靜，說穿了也只是逃避。

「吵架不要吵隔夜」我們從來都沒有學會過。幾次我纏著他，不允許他掛電話，堅持要在當下把整件事情的始末、責任的歸屬都協調好才能斷線，結果換來的是他無比的暴躁，以及一句又一句不間斷自傷傷人的言語，我掉著眼淚不知道事情怎麼成了這樣？腦海裡飄著法蘭的聲音，她輕輕唱著：

我不是你的對手
也不是你的敵人
親愛的
親愛的
我只是你的愛人
最親愛的那個人*

原來愛情是把所有自己易傷的地方列成一張再清晰不過的表格，鄭重地交到對方手上。他看盡所有我脆弱而醜陋的地方，掌握我的難言之隱，深諳我最厭惡自己何處；他知道怎麼讓我開心非常，當然更知道怎麼讓我無比傷心，他有能力救我於阿鼻地獄，自然也清楚如何使我夢斷。

我們在纏綿的時光裡交換了所有的祕密，無論是年幼時的、現在的、已經做了的、心裡盤算無數次但尚未實踐的，只是為了確認彼此即使保有刺傷對方的能力，但我們都不會。

我在幾年之後才知道這是他保護我的方式，一個無比驕傲而且對敗北一事深惡痛絕的人，面對深愛的人和自己之間的競爭，或許最好的方式便是棄賽，他不願成為敗將，也不願意戰勝我，只能選擇成為逃兵。

但他不說，我也未曾讀懂他皺起的眉頭裡對我的疼惜。或許愛人就像一次沒有盡頭的考古，需要不斷挖掘、發現、驗證、揣摩、嘗試、練習、推敲，才能參透他在沒有你的年歲裡所經歷的風霜，以及他所做下的每一個決定究竟富含什麼意義。

後來，每每我看見他眉間皺起，恰恰好寫成一個平整的「川」字，我便滿心滿意想伸手替他撫平。

這個世界上總有一個人是那麼好，好到整個宇宙都應該對他以禮相待、好到你甘願用肉身替他擋下一切災厄病痛，他不應當承擔任何罪狀和不快樂，即使他刻意隱身在一片陰鬱裡，我也能一眼認出他的身影。

有人說這叫愛情，我卻稱它為一種信仰：有愛慕、有相信、有盼望、有敬畏之心，要仰望、要凝視、要專注、要心存虔敬。

於是每一次我喊你的名字，都成了我此生最虔誠的時刻。

而我的愛情也不過是此時此刻：只是看著他的臉，明明還在生氣，身心卻都已經虔誠著在最短的時間內著裝完畢，做好原諒他的所有準備。

畢竟我的生活裡處處是你，手機裡的音樂是你，出外旅遊所見到的每個大山大河是你，手裡的書本寫的是你，晚餐挑出來不吃的紅蘿蔔也是你。即使我賭氣不諒解你，它們也已經先替我打開了大門，迎你進來。

常常聽人說，住在愛裡的人都會越來越溫馴而柔和，那樣的「軟」並非軟弱跟不堅悍，而是一種被愛從頭至腳浸濕，終至連背脊都溫潤無比的狀態，也只有在備感安全的時候，你才有餘裕可以去探究自己的每一份快樂或傷心究竟源自何人、何處，進而能看見他人的難處以及他祕而不宣的執念。

我原諒你，因為我非常、非常愛你，愛到願意讓自己更加堅強，直到我能夠接納你給的傷心，並且將那些傷心珍重地、謹慎地存放在我記憶的罐子裡，待我有能力理解它們的意義之時再重新將它們的瓶蓋揭開，我才能意識到原來你已經用你的方式在愛我，愛了好久好久。

我們都離理解不遠，愛便是最靠近理解的狀態，我至今無法斷言愛和理解的先後順序，究竟是先愛了才開始理解，又或者是先理解了才開始愛？我只知道對你，我是越愛越願意理解，而越是理解，就越愛。

＊法蘭黛樂團的〈我只是你的愛人〉。

你朝我的方向走來*

找到那個願意為你跨出步伐的人，
看見他在跨出步伐前的猶豫跟下定決心的勇氣，
這就是愛情了。

在社群軟體上看到朋友跟其伴侶因為是否報備？何為自由？何為假自由之名的為所欲為大肆爭執，他在盛怒之下更新了長長的動態，大抵是在說建立了關係之後，擁有自己的空間跟隱私若是會讓伴侶產生不安全感就應該退讓，因為讓對方安心是身處在關係裡的責任。

我在讀完之後覺得好是熟悉，不只是這套道理本身，而是那種暗藏在憤怒與不滿之下的恐懼。

怕被留下、怕被棄置、怕自己還留在原地的時候，對方就已經整理好行囊，一走了之、怕他本就沒有久留的意思，只有自己一個人癡傻的夢想著未來。

所以你拚了命的想看盡他藏起來的東西，哪怕他其實不是刻意隱藏，但你就是不安心，你總是覺得他好像要走了、他隨時準備把愛跟付出悉數收回，無論何時何地，無論你們正享受怎麼樣的甜蜜或親近，你就是有這樣一份慌張，對現在的他是這樣，對上一個他可能也是這樣，你也想和平共處，但你就是怕，而這樣的怕又是如此難以言喻，所以你只能以憤怒做為出口。

我在幾年前也是這樣的，滿身滿心的怕和自己都沒有察覺的自卑，面對伴侶的愛，我自慚形穢，他那麼好，我怎麼值得？面對伴侶的不愛，我自暴自棄，一定是他看透我了，他終於還是發現我不夠好了，他果然對我失望了。我以為是他們沒有將我守護好，於是我日夜擔心受怕，怕他們遠走、怕他們看破我的偽裝，但又希望有人可以找到我心底那塊怎麼填、怎麼補都依然滲著血的創口，我是如此矛盾而暴烈，我甚至不知道自己缺的是什麼，就一再向外討要。

人好像都會在無意識的狀態下靠近自己欠缺的，於是我帶著滿身自傷傷人的碎片遇上洪，我們截然不同，他自信而卓越，獨立而堅韌，面對一切總是從容不迫。他是人群中的閃光點，卻從不貪戀這樣的位置，因為他對自己的肯定來自他自己，不假他人之手，好像即使全世界負他，他也能依然愛惜自己。

最一開始總是好的，牽手是好的，約會是好的，擁抱是好的，承諾是好的，我們的爭執開始於對於自由的想像，他極度需要自己的空間跟時間，而我則是嚮往一段完全無我的愛情。我的心是你的、身體是你的、時間是你的、思想是你的，我以為愛情是奉獻全部的自己以示忠貞，於是在面對他想要保留「自己」的時刻，我不知所措，恐懼長出細細的枝枒，最初只是有些搔癢，而後則是緊緊扣住我的心臟，我原想大力呼救，卻都成了情感勒索：你是不是不愛我了？你愛我的話就要守護我呀！你為什麼不願意為我改變？你好自私，你從不打算為這段感情付出對不對？

我的聲調越趨憤怒，但其實手腳止不住地顫抖，我想要他否認，想要他看穿我憤怒之下的害怕，想要他對我說我不會走的，我會留下來陪妳，我們會有一個家。

我們花了很長一段時間磨合，全都是些沒有章法的嘗試，因為無法理解而來的埋怨太多，而我們卻也還太稚嫩，不懂得這個世界上存在著和自己全然相反的人。

每一次的爭執都讓我們更了解對方多一些，儘管這樣的方式使我們耗盡氣力。

有將近幾個月，我們的溝通全都是我的哭喊跟吼叫混雜著他的沉默和躲避，我們一邊替自己委屈著，又一邊為對方而心疼，反反覆覆，止期不詳。

想過不少次放棄，但究竟為了什麼而撐下來？大概也就是不甘心，不甘心已經走了那麼久了卻沒有享受到果實，所以即使看不見盡頭，我們也還想要走向彼此。我們的愛情滿是努力的痕跡。

關係不是在一朝一夕之間撥雲見日的，而是一天比一天日漸晴朗，在逐漸互相理解的同時，也發現彼此臉上的笑容越來越多，我們開始有了默契跟信任，同時也有了自由和尊重。

我自此不再為愛情訂定標準，不再用一件單一的事情去評判一個人究竟是愛或是不愛。或許沒有一定要做了什麼，或不做什麼才稱得上愛情，只有互相理解的人才可以知道，對伴侶而言這樣的舉動代表了什麼，也許在旁人看來微不足道的小事，對某些人來說，卻是需要幾經思量才能跨出的一大步。

找到那個願意為你跨出步伐的人，看見他在跨出步伐前的猶豫跟下定決心的勇氣，這就是愛情了。

＊篇名來自 9m88 歌曲〈你朝我的方向走來〉。

敢於孤獨

面對難以跨越的距離，
我們選擇卸下各自身上某一些原則跟嚮往當作橋梁，
能放下的越多，我們就離彼此越近，
而當我放下越多，我也越靠近我自己。

每次從台中一路風塵僕僕到嘉義跟洪相聚的日子都是很樸實的：他單手提起我的行李，幫我戴上安全帽，然後我們一起推著手推車，逛他住處附近唯一的生鮮市場，在生鮮區的展示櫃前問彼此這幾天想吃什麼菜？而通常我的選擇都成了我們的選擇。每天只吃兩餐，我負責備料烹飪，他擔當洗碗善後，還有把我吃不下的飯菜都掃進胃裡；晚上擠在一個人睡有點大、兩個人睡有點小的床墊上入眠，而每每到了隔天，我都會發現自己全身都被他用棉被重新包裹過，連腳趾都被罩得牢牢的。

日子平靜無波，就像倒進玻璃杯裡的白開水，一眼就可以窺見發生過什麼，或是未來將會發生什麼。沒有裝飾，也不需要裝飾。

唯一一個如同儀式一般的舉動可能是，我們會交換一首歌。

誰也不記得這個習慣是從何而來，或是從何時而起，它發生得很自然，在閒話家常間，會有一個人先說「我給你聽一首歌」。

如果是其中一個人沒有聽過的歌，那麼兩個人會一同躺著，眼睛盯著天花板或靜止的某處，打開耳朵，讓聲音從耳朵進入，然後一路竄到心臟，沿著動脈奔馳，最終抵達四肢的每一指指甲，專心致志；如果是兩個人都聽過的歌，我們會一起跟著音樂哼哼唱唱，這樣的畫面對我來說是閃著光芒的，我可以毫不避諱地看他，把他的每一處毛細孔都看個遍，而看他唱得慷慨激昂，我總是滿腹成就感：曾幾何時這個在外頭有著嚴重偶像包袱的男孩子已經可以在我面前完全依憑本能，恣意地流露出他不曾在外人面前表露出的姿態。原來我也可以讓某個人感到全然的安心與自在。

從更小一點，我剛開始嘗試建立關係以來，我就一直跟不安全感搏鬥，那種與生俱來的、難以言明的焦慮讓我總是悲觀，也限縮了我對關係終點的想像。我總是想著，倘若有一天，我可以被全然地愛著，不用時時刻刻面對被留下的恐懼，那就是我所能想像的美好結局了。

有很長一段時間，我以為只要自己打出去的每一通電話都及時被接通，那就是被愛的最終展現了：有一個人永遠都在等著我，我是他生命裡最首要的順位，他不會背棄我，因為背棄我就是背棄愛情、就是背棄生命。我執著地供奉這樣的愛情守則長達數年，卻總是以失望告終，沒有人可以滿足我的想望，即使我願意為他做同樣的事，我願意拿我生命的全部，真的全部，是一天二十四小時、一日三餐、一週七天，去守候他。

我的愛情裡不需要自己，只要百分之百，不摻任何一丁點雜質的他。

我那時候想的是，怎麼會這樣呢，為什麼他們要世界，卻不要一個把他當成世界的我？

我沒有答案，我只是轉身擦擦眼淚，想著總有一個人也為了一樣的事情正痛苦著，他在找我，我要撐著，直到他找到我。

找到我的不是那樣的人，是洪。

他不符合我開出的條件裡任何一點，他不把我當成世界，他需要屬於他自己的空間跟時間，他不喜歡滑手機，有時候專注起來幾個鐘頭後才看見我的未接來電，他嚮往的生活裡有他的成就、他的事業，有太多我不能參與的部分，他還說：「我最愛的人永遠不會是妳，我最愛的人一定是自己，我也不要妳把我當成妳人生的重心，妳要最愛妳自己。」

最初我把他的這些特質都解讀成他不愛我，他沒有接到我的電話是不愛我，他沒有把我當成全部是不愛我，他需要他自己的空間跟時間是不需要我，不需要我就是不愛我。

但他又不是不愛我。

他會不厭其煩的幫我吹頭髮，在我難受的時候放下手邊的事情擁抱我，他帶著我見他的朋友家人，他跟我撒嬌，他從不跟其他異性有多餘的接觸，他在我窮到找不到下一週的飯錢在哪裡的時候偷偷塞鈔票到我的皮夾，他明明極重隱私卻依然同意我寫下關於我們的一字一句放在網路上，因為他知道這是我僅有的能夠抒發自己的地方了。

我們花了幾年去調整兩個人在這方面的歧異，他不理解我的憂慮，我也不能接受他的灑脫，我們是站在彼端的兩個人，再怎麼想攜手共度生活，卻跨不了那道鴻溝。

面對難以跨越的距離，我們選擇卸下各自身上某一些原則跟嚮往當做橋梁，能放下的越多，我們就離彼此越近，而當我放下越多，我便越靠近自己。原來每一句對伴侶說的話，其實也是對自己說。

我逐漸認識什麼是「自己」，我學著跟自己相處，不再輕易將孤獨和不被愛畫上等號。

我對愛情也開始有新的認識，原來被愛不只是每一通被及時接起的電話，也可以是在面對沒有被接起的電話時，依然處之泰然，因為我不會再把這樣的事情看做他要離開的表徵，我們可以同時過好自己的生活和共同的生活，我的不安全感消聲匿跡，我不再總是備戰。

我們看似在這個過程中把彼此分得很開，但其實我們是一體的，我在他的愛裡看見自己，在他的愛裡認識自己，我開始安心、安穩甚至安逸，我再也想不出比這更能稱做被愛的事。

動心之後

戀愛到了後來便開始脫離大起大落的情緒，
只跟日子裡細小的傷心、開心、失望、滿足有關；
在動心之後，
他開始學著給我安心。

要離開嘉義之前跟洪吵了一架，外頭下著連綿的雨，兩個人各懷心事，一個人板著臉換裝準備出門，另一個掉著眼淚收拾行李。

氣溫是一夕之間驟降的，我沒有預料到，穿了一件短版薄長袖上衣和牛仔長褲就準備出門，大片肚子都露在外頭，雨具當然也沒有準備。

洪轉過頭看了我兩眼，又走到衣櫃前抓了一件他的外套丟到我面前，簡短說兩個字：「穿著。」

我還賭氣著呢，撇頭就繼續收拾行李，「我就想穿這樣。」

他沒多說什麼，又去另一個櫃子裡拿了備用的折疊傘要我帶著，我鬧著脾氣，一口拒絕，他嘆了長長的氣，我又委屈又心軟，藉故躲到浴室，把自己鎖起來，實則在裡頭偷聽著外面的聲響，一陣悉悉簌簌，是他拉開我的行李袋，放了東西進去，很快又拉上。

出浴間之後，我打開行李袋，看到雨傘被穩妥放在裡面，外套躺在床上，我拿出雨傘在他面前晃了晃，他還是板著那張臉，聲音明顯生硬卻又耐心無比，一句一句「火車上會冷」、「外面下雨了」，最後則是「我不想要妳淋雨受寒」。

我想起幾分鐘前還沉著臉對著我說：「妳占據我的生活太多了，我沒有時間做自己的事情，我需要自己的空間」的那個人，又看著面前這個處處顧慮我的人，心想這真的是同一個人嗎？當一個人在生活裡一面排拒我、同時又一面謹慎照看我，那樣的情感可以稱之為愛嗎？

進入關係已經邁進第五年，我還是時不時容易感到不被愛，上一秒還被愛包圍著，像是被包巾裹緊的小嬰兒般，人人稱羨我有軟嫩的臉蛋，而我也得以有個好夢，下一秒頓時成了被棄養的流浪狗，曾經嘗過家的溫暖和美妙卻突然被一腳踹開的那種流浪狗，儘管再怎麼渴望歸屬，再怎麼甘願被豢養、被控制卻依然苦苦找不到主人的那種流浪狗。

我的愛是炙熱、是不斷燃燒至殆盡、是視對方為天為地而最終畫地自限，洪則不然，他的愛是克制的，是壁壘分明、是行有餘力之後的互相榮耀之舉。我們揮舞著愛的大旗互相靠近，才發現我似火似陽的愛無法和他和平共處。他是我的神，牽著我的手，一手和我十指交扣，一手指著他的俗世，說要贈與我整個凡塵，讓我每個看著紅塵滾滾的日常，都彷彿是看見天堂和琥珀。但我無法榮耀他，我只是一再無法自控地燒壞、搗毀他寶貴的金身，而看著原先完好的他在我的擁抱裡四分五裂，我也跟著跌出紅塵之外，跌到漫布著從人世間逃竄失敗的屍臭、陣亡的愛戀的世界最底端。

卻忘了聽他說話。

我設想了數百種不被愛的、被負的悲劇情節，腦袋裡聲光不斷，卻總是忘了停下來，聽他說話。

聽他說他的苦衷、他嚮往的關係、他害怕的狀態、他受不了我如何索討，聽他從他的角度裡說我們的故事，還有那些他說不出來的話。

我不只想要他愛我，更想要他的偏愛，要他偏執、偏頗、偏心的愛我。而當他稍有一絲不慎，做不到我所要求的百分之百，我就掉進了不被愛的淵藪，抓著他這一次的失誤，指責他的失職，不屈不撓的討要那份一絲不苟、不容許一點差錯的愛，而他承擔著這一切，不吵不鬧，進退有據，不迎合也不斥責。

賭氣的時候，我說：「我很生氣，本來想幫你做早餐，現在不做了。」他說：「我也很生氣，但我還是會幫妳做早餐。」轉頭就倒了杯鮮奶遞過來，開始煎蛋，一份半熟是他的，另一份全熟是我的；電話裡爭執完之後，我氣得不輕，不願跟他多說，他便說：「我明天醒來跟妳說早安。」隔天一早他若無其事向我撒嬌示好；視訊結束兩個人都不開心，社群軟體突然傳來通知，他轉發了我最喜歡的小動物照片過來，我看著看著就笑了，笑了之後就心軟了。

戀愛的初始總是連結著存亡和生死，少接了一通電話便凋零，多收了一通簡訊又活了過來；怒極時他說了違心的話就準備為愛情舉辦喪禮，他的一個眼神又讓人開始期待未來那個屬於我們的婚禮。但戀愛到了後來便開始脫離大起大落的情緒，只跟日子裡細小的傷心、開心、失望、滿足有關，爭吵的時候，他冷漠我哭鬧，我也有發不完的牢騷和悵然的、與現實不符的幻想，但仔細一想，生活裡充斥的更多是他無微不至的關懷和照料。

在動心之後，他開始學著給我安心。

有一天我們不再談戀愛，我們談共同的未來。

祝我
五歲生日
快樂

時間是介質，愛是禮物，陪伴是恩典，
而你，你是晴天裡最燦爛的那一束陽光，
引我重新向陽。

母親節的週末跟洪一起返鄉，除了陪陪家人之外，也提前慶祝交往五周年紀念日。事先預訂了昂貴的餐廳，早起梳化，換上鵝黃色的新衣，對著化妝鏡仔細遮好一處又一處痘疤。

洪按時騎著摩托車來接我，他穿著我為他買的白襯衫——我喜歡男孩子打扮得乾淨簡單，交往的這五年，慢慢幫他網羅了各色的純色襯衫，黑色藍色綠色褐色米色白色，衣櫃一打開，簡直就像小型的襯衫專賣店。而白色總是最好的，我最喜歡他穿上白色的襯衫，襯得他膚色更加黝黑，袖子上的扣子要扣得緊實，領子仔細摺好，不穿老成的西裝褲，而是配上我們一起去買的直筒牛仔褲，腰間繫的皮帶是某年的紀念日禮物，上頭訂製了特殊的字樣，全身散發著介於男孩跟男人之間的氣質，我最喜歡他這樣穿，也不只因為好看，更因為這樣的一身英挺，好似都與我有關。

餐廳高朋滿座，周邊坐的都是前來慶祝母親節的家庭，眾人皆攜家帶眷，有些甚至是三代連袂出席，陣仗浩大。從前我總是在這樣以「家庭」為單位的環境裡感到強烈的孤獨感和相對剝奪感，這次反倒平靜許多，不是麻木，我總相信痛苦是不會麻木的，只是在痛苦之前先想起前一天晚上和洪一起在餐廳官網研究菜單，以為他會為了大塊紅肉而期待萬分，沒想到他掃視了幾眼，第一反應卻是皺了皺眉：「櫻花蝦炒飯、海鮮濃湯、鮮蝦沙拉……這些妳都不能吃，怎麼辦？」

痛苦不會麻木，只會被幸福一波一波逐漸沖刷至淡，或許還留有某種氣味，但猛一看，只能看見盼望的痕跡。我的家人也在這裡了，我也是有家的人。

杯盤狼藉之後，服務生端上了寫有「五周年快樂」的慶祝小蛋糕，方形的布朗尼上插了一根細細的蠟燭，燭火搖曳，我連忙從各角度拍照留念，匆忙間猛一抬頭，透過燭火看見他的臉，突然想起他五年前的樣子。同樣是襯衫，當時卻是養樂多黃色的高中制服，其他人穿起來是泛黃、是老朽，他穿起來是陽光灑落，我總是遠遠就看見他，看見他張揚的長髮和微瞇的眼睛，看見他也在看著我。

我自己吹熄了蠟燭，沒有邀請他，他當然也不介意，對著我一臉寵膩的笑。

我說：「祝我五歲生日快樂。」

他怔了一怔，聽懂了，笑得更開。

祝我五歲生日快樂。我現在不是二十二，是十七加五歲。

十七歲那年死了一次，葬身在原生家庭的紛紛擾擾當中，三魂七魄在外反覆遊蕩，怎麼樣都擠不回肉身；牛鬼蛇神抓不了我，因為我將死未死、半死半活，只能放任我來回穿梭地獄和人間，儘管兩者對我而言其實是同一個地方；喝不起除了水之外的東西，當然也包含孟婆湯，所以對於創傷記憶深刻，日夜被傷心往事揮來的記記直拳打得直不起身。

洪那時候便在了，他陪我下到第十七層地獄，看原先一顆生氣勃勃、鮮紅強悍的心臟經歷上刀山、下油鍋之後幾乎不再跳動。他不嫌髒，赤手輕輕握著，握著我衰亡中的臟器，將他的掌紋緩緩灌進我的臟腑，絲毫不怕耗費自己的陽氣，只為喚醒我；看我的靈魂因承受不了疼痛，便將頭蓋骨用力掰開一個縫，就這樣溜走，順勢帶走我的閱讀之靈、創作之力，他於是在心裡分發給我一張床位，單人房，空間偌大幽靜，時不時敲敲門、進來看看我，他讓我在那安心休養生息，而我一待就是幾年。

不如過往那般赤紅且鮮豔，也脫離被焚燒成炭的黯然無光，如今的我，是粉色的。

嬰兒面頰般的、少女乳頭般的、櫻花盛開般的粉色。

初生的、稚嫩的、美好的、備受期待的粉色。

或許「重生」的重點不是「生」，而是「重新」，是將腐朽的、歪劣的一概細細劃去，在不傷及本體的前提下，讓原先幾近凋萎的主幹能夠重溫日光，壞的枝枒皆落入土壤，一天一天被發酵、分解、吸收，最終成為樹幹的養分。

誰也沒有想到這棵樹還能活下來，更沒想過它還能開出粉嫩的花。

樹是我、腐朽是我、曾經的不見天日是我；花是我、粉嫩是我、現在盡力昂首向陽的，也是我。

時間是介質，愛是禮物，陪伴是恩典，而你，你是晴天裡最燦爛的那一束陽光，引我重新向陽。

牧羊人
與
他的羊

我是一頭慌張失措的羊，
他一餐一餐將我馴養，輕輕把我拴上；
他只有我一頭小羊，我只有他一個牧羊人，
在那之後，我才有了方向。

聽聞父親離世的消息是早晨的事，而後有大半天都耗在殯儀館，好不容易認完屍、做完筆錄、制止完時不時要吵起來的長輩們已經到了吃晚餐的時間，當時洪照慣例撥電話給我，知道事情原委之後他立刻從嘉義趕回高雄，抵達高雄時已經將近凌晨，待我處理到一個段落之後，他便把我拎回嘉義跟他同住幾天。

到民雄的車次不多，自強號一天只有一班，我們沒有趕上，只能在區間車上一路搖搖晃晃，二十來個站，兩個多小時。我靠在他身上，看他打開電腦裡的某個文件，裡面清楚條列著數點資料，他按照順序問我，妳爸爸有沒有勞保？國民年金？保險？有的話記得去申請這些補助；妳們學校有專門設置的助學金，教育部也有相關的急難救助金，等妳這頭先忙完再去準備文件就好；除戶證明跟死亡登記記得在期限內去辦理，不然要罰錢，噢還有拋棄繼承一定要記得，那個比較麻煩，但不難，不用額外花錢找人處理沒關係。

我看著他的眼睛，單眼皮包裹住的眼睛裡沒有同情的成分，只有對我的擔憂。他抓了抓我的手，分了一耳的耳機給我，按下隨機撥放，像高中我初經歷家庭失和，他帶著我去美術館散步，我們也共聽一首歌，那耳機像是牽繩，而我是一頭初經歷驚嚇慌張失措的羊，他一餐一餐、一日一日將我馴養，輕輕把我拴上，他只有我一頭小羊，我只有他一個牧羊人，那之後我才有了方向。

到嘉義之後，我不提，洪便也不多說什麼，那個五坪的小套房像是某個時空停滯的空間，停在災厄跟意外都還沒發生的當下，我可以不畏噩夢的睡去。

我們照常上超市買喜歡的菜、備料、煮飯、洗碗、倒在一起看電影、抱在一起睡著。

我的黏人症狀越發嚴重，洗澡的時候要他拉個椅子在浴室門外陪、他掌廚的時候我依然黏著他不放，只不過洗把蔥的時間沒有肌膚之親，忽然不安感從脊椎蔓延到後腦勺，於是又吵著要他把我再抱緊、再抱緊一點。

洪所給的療效很奇妙，不主動開啟對談，也沒有什麼深刻的句子或紀念性的事蹟，他只是靜靜的把我拖回日常生活。當我躺在床上看他自顧自處理瑣碎的家務，聞著他為我料理每一餐之後滿室混合了食物的香以及油煙的味道，飯後見他把鍋碗瓢盆一個一個仔細刷洗乾淨，感覺他正在提醒我，這一路我失去了太多，這次更是手足無措，但沒有關係，就和過去的每一次一樣，他都不會離開，我頓時感到安全，而停滯的日子自此彷彿慢慢向前流動，我才終於有勇氣從爸爸離世的那天跨出步伐，掙扎著走到當下。

遇見關卡的時候，心智頓時又回到幼年，脆弱且依賴，面對一切都只想投降。洪逆來順受，用日常再一次把我撫養長大，一餐飯是一個春夏，一次相擁而眠的好覺是一個秋冬，我所欠缺的，那種被人從頭到腳無微不至照顧著的感受，他一個人默默、緩緩地給。

我看著他煮飯的背影，駝著背躲在被窩想著，愛會被抽走，但愛也能被注入吧。我總是覺得自己的心上有個洞，所以留不住一份固態的愛，我需要流動的愛：愛流走的時候，給愛的人會發覺，然後再把愛補進來，沒有補進來的話，我就是空的，而空的我很容易將自己摔碎。

而那幾天，或說那幾個瞬間，是我這輩子少數覺得，自己好像收起了一份固態的愛的時刻。

未來的某些時刻，當他可能專注於他的生活，將我們的關係擺在後頭，我也不會是空的，自然也不是碎的。

我是逐漸被捏好的某種容器了。我的身上都是洪的指紋，他的掌紋是我的地圖，我從十七歲開始的迷途，終於在他的愛裡知返。

某個凌晨我終於還是痛哭失聲，在母親身邊謹守著堤防無法傾訴的痛苦與掙扎，我一股腦地往他那倒。那些自責和過往遺留下的、尚未處理好的痛苦同時併發，像是有人往我身體投了幾個炸彈，我保住了我的肉身，卻免不了爛了臟腑。

「留下來的人，還是要過好自己的生活，對不對？」

他說對，然後拿來毛巾，輕輕擦去我滿臉的淚。

倘若我的苦難是一場馬拉松，我想洪便是我的陪跑員，看我踉蹌、看我崩解、看我承受那些只能發生在我身上心上的病痛，不能代我完成賽程，卻從未缺席。日子和運命在我身上留下的污痕，他一清二楚，他從沒有對我說過「交給我」，因為我們都知道，人生是我的，難關更是我的，這一切都不能交給他，他只是在每次接住我的時候耐著性子，將那些他人避之唯恐不及的污痕一處一處、仔仔細細的攤開，注視，還有吻。

那些我刻意遮掩的醜陋、我心底被親情大力撞壞的缺角、我因無法釋放恐懼而生的怒氣，他全都看在眼裡，然後對我說：「沒有關係。」

因為愛沒有條件，所以沒有關係。

而或許在災難之後，這些污痕也不急著洗清吧，愛會醜、會爛、甚至會死，但這不妨礙我們辨識愛的樣子。

常日漫漫，我願與你為伴

原以為終將不可相容的兩個人，
終究是在對方的身上找到了歸屬，
將自己好好地安放。

我和洪都是不懂得如何狂歡的人。洪幾乎不過節，除了剛開始交往的頭一年以外，之後不管是他自己的生日、我們倆的交往紀念日，還是大眾化的聖誕節、情人節、七夕、歲末跨年，對他而言也都只是再普通平凡不過的一天；不需要有禮物或驚喜，甚至沒有一句節日快樂也無所謂。我沒有他那樣清心寡慾，對於節日還是有些許的期待，也曾經有過幻想，想和愛人一起在浪漫的餐廳吃上一頓大餐，如果還能收到精緻的禮物那就更好了！但事實是，在人潮眾多的壅塞環境裡，我總是有一種深深的、不合時宜的狼狽感，像是不小心把還沒完全曬乾的內衣穿出了門，或是在匆促間套上了不同花色的襪子……明明清楚沒有人知道，但仍然感到不安和不適，於是久了也習慣在他人慶祝的時候繼續過如常的日子。

還記得有一年跨年，我們兩個人甚至不在同一個城市，而我年末跟元旦兩天都在上班，勞動了整天之後，也沒等到煙花綻放、眾人倒數完互相擁抱的那一刻，早早就癱在床上，因為疲憊不堪而睡到不省人事。

後來，那年的元旦清晨，我從半睡半醒中拿起手機，螢幕燈亮，我瞥見了日期，突然一股冰涼從脊椎往上蔓延到後腦勺，而我在驚醒之後開始止不住眼淚。

哭什麼呢？我也說不上來，但就是怕。扎扎實實、真真切切的那種怕。

我們不再在第一時間互道新年快樂了，也沒有即使硬撐著也要陪伴彼此度過舊年的最後一秒鐘；我們的生活好像從此只剩下生活了，不再存在任何的儀式。

過去曾經多麼希望能夠過上平穩的日子呀，而直到真的過上了，才知道害怕。

怕我們終究是禁不起庸俗的日常生活、怕愛情被夜以繼日又日以繼夜的平淡給打磨殆盡、怕我喜歡我理想中的愛情比喜歡你還來的更多、怕我要的，從來只是自己想要如何被對待，而不是你怎麼用你的方式掏心掏肺地善待我。

這樣的恐懼一直跟著我、吊著我，於是我明明站在地面上，卻好像雙腳踏不到地那般不安穩；我明明看著太陽出現在我眼前，卻好像感受不到光亮。

直到照慣例睡前通電話，我說新的一年到了，我們來許願吧。

我說，希望他能夠改改自己的脾氣跟惰性、能夠更看重這段關係、不要因為感情穩定了就放棄經營等等，大抵都是些意有所指的話，而後要他也說幾個新年新希望。

然後話筒裡傳來他淡淡的聲音，他說：「希望新的一年，妳可以健康、平安、快樂，凡事順利、順心。」都是些祝福的話，什麼想要我改進的都沒有。

他頓了幾秒，又說：「妳知道的，妳開心我就開心，妳好我就好。」

那瞬間，我羞愧於我的不信任，同時又感到安心，那絲冰涼被他的幾句話給褪去，一股溫熱取而代之，我的雙腳重新落地，心底一片踏實，而我彷彿又能感受到光的重量。

我所該害怕的，是「無愛的日常」，是同床異夢，是兩個人不再把對方帶在心上，而不單單是日常。

我們沒有過節，但每個一起過夜的晚上，總是可以感覺到他在半夜起身，幫我把踢開的被單再次蓋上；我的熱敷墊壞了又捨不得花錢買，生理期疼痛不堪，平時節儉的他隔天騎了半小時的車去市區去幫我買了一個全新的，說這種錢省不得；他到中國旅行一個月，驕傲如他，在從北京開往長春的高鐵上寫信給我，「走遍千山萬水、看過大山大河，最想去的地方仍是妳懷裡」；每個分隔兩地的日子，他日日問我吃飽了嗎？穿暖了嗎？上言加餐食，下言長相憶。

我們不過節，是因為他給我的照料從來不分節日，這樣的照料，讓我在他身上看到了未來的模樣，這些都是我過去不曾經歷過的。

想著過去，每每吵起架來就非得鬧個天崩地裂、或是磨合到迷惘不已，不知道是否該堅持下去、又或是關係動盪、不被承諾未來的時期，才知道原來像現在這樣簡單、坦然到有點無聊的日子，是攜手共度各種難關之後的禮物，是兩個人相濡以沫之後終於分別得救的太平盛世。

原本以為終將不可相容的兩個人，終究是在對方的身上找到了歸屬，將自己好好地安放。

以前覺得最美好的，是你的愛情裡有我，然後才發現不是這樣的……最了不起的其實是，在我循規蹈矩、普通到簡直無趣的每一天裡頭，都還能保有和你的愛情。

盼望里

蝶

蝶疾速俯衝向我，瞄準我身體的洞，將自己砸了進去，
而後又緩緩從洞的另一端翩翩起舞起來……
蝶是虛的，算命仙是仿的；
我的命不美，當然也是假的。

「小姐，妳水人嘸水命喔，愛注意！」

連續假日前的台中火車站熙來攘往，我剛領完錢，手拿單據計算著這個月生活費的餘額，才走出郵局，便看見在門口擺攤的算命仙盯著我目不轉睛，攤位桌前垂掛大紅色的布條充當招牌，上頭用書法揮灑著字跡不甚精美的「鐵口直斷」四個字，他右手拿了把紙扇，眼神不像看見潛在顧客，倒像看見龍蛇虎豹那般驚恐，因為過於用力而顫抖的手牽著紙扇在空氣中畫出似紅色蝶翅的殘影，而我彷彿看見那蝶奮力拍著翅膀，朝我的瞳孔用力撞來。

在蝶試圖衝撞進我眼睛的那瞬間，我想起約莫三年前，一樣的地點，持同一把扇子的他，也用同樣的語氣對我說了一樣的話。

那時的我初經家變，一切看似大勢已定，不會再壞，實情卻是腐朽的過往時不時飄散出惡臭，我在當下胡亂嗅聞著自己，卻摸不著、也治不好那逐漸爛在心底的凍瘡；我站在今天，雙手摩娑，眼前卻是十七歲時的那方在突然之間便萬籟俱寂的天地。我每活一天，都不像是活一天，只是再一次複習過去的苦難，而苦難並不會因為你的熟讀而仁慈一分，我只能撐著摧枯拉朽的自己不斷勞動，試圖在維繫溫飽之餘，偶爾能夠給予自己一盞光亮、一瞬黎明，能夠替自己建一座小到能藏在掌心的綠洲，當存活的意志漸漸消亡，便偷偷將它舉到面前，對自己悄悄說聲：「妳要記得，妳是正在穿越沙漠的人。」

沙漠裡沒有蝶，但蝶卻在那天毅然決然地，挾帶著那句箴言似的、來自鐵口直斷的詛咒，脫離算命仙的手，飛向我。我驚魂未定，手掌一鬆，摔碎了我小心翼翼修建的綠洲，而蝶，蝶飛進我的瞳孔，像一道透明的光，毫無阻礙便住進我的眼睛，一雙閃著光點的翅膀在我的水晶體裡融化，我的眼睛染上了屬於她翅膀的赤紅色，流出透明的液體水晶。

在水晶的映照下，我視線澄澈，看清楚了。
我沒有綠洲，但即使是人潮洶湧的台中火車站，對我而言仍是沙漠。

抓起手機撥了電話給好友S，用誇張且搞笑的語氣重複了方才的事，她不明就裡，笑稱平常無事不登三寶殿的我怎麼會為了這種事情特別撥電話，要我不要聽信他人的隨口胡謅，我要到了這句話便向她道別，繼續斜靠在騎樓的牆上傳訊息給幾位友人，再一次用訕笑的口吻敘述事件經過，見到他們一一對我說「別放在心上」，或回覆哈哈大笑的貼圖才心安。

對，那是不必放在心上的隨口胡謅，是能逗人捧腹的笑話一則。
蝶是虛的，算命仙是仿的；我的命不美，當然也是假的。

我不管不顧地把蝶從眼球上用力抓下，丟進路邊的垃圾桶，看見她鮮豔的翅膀在上一個人沒吃完的便當盒上潰爛成汁液，細細的觸角仍時不時抽蓄，我對她說：「這次換我鐵口直斷：妳要死了，帶著妳那妖言惑眾的詛咒一起。」而後轉身就走，所以沒見到蝶在化成液體之後，轉瞬之間又飛回算命仙的手上。

或許是因為三年前那深長的最後一眼，三年後再見到蝶，我一眼便認出她。

她是沒能成功送達的神祉，一直在等著與我再次相遇。她的翅膀如新，仍是如此赤紅，身上沒有廚餘的氣味，依然和算命仙交好，身負替他傳遞神諭的工作，她的翅膀寫滿了天啟，只有在衝進凡人眼底之時，我們才能讀懂神的旨意；而我的一身腐瘡殘臭終究也隨著時間逐漸揮發，碎了的綠洲成了我的缺角，被割破的皮肉在復原的過程裡逐漸將其包覆，缺角長成更為厚實的一脈掌紋，破口癒合成了心上粗糙的繭，裡頭包裹著規律的脈動，提醒我即使地動天搖和斷垣殘壁的曾經也未曾將我成功摧毀。

蝶沒有向我打招呼，只是跟隨著算命師的手勢，再次向我衝來。我像上次一樣鬆開掌心，不同的是，這次卻沒有遺落任何東西，我的綠洲已經移居至身體裡，不再總是被揉捏在手心。

算命仙再次對我喊出「小姐，妳水人嘸水命喔，愛注意！」，我只是站定，面向他和他桌面上不知何方神聖的佛像，一字一句回應：「我知道。」

蝶還是來了。算命仙的眼和扇子在我身上灼灼地燒出了一個洞，穿透了五臟六腑和皮肉筋膜，蝶疾速俯衝向我，瞄準我身體的洞，將自己砸了進去，而後又緩緩從洞的另一端翩翩起舞起來。

她沒有留在我的裡面。不管她是天啟還是胡言亂語，都沒有留在我的裡面；他的掐指一算和鐵口直斷也並未道盡天機。

我不懂生辰八字亦不懂流年命局，但容許我告訴你各方神聖派我用生命實踐出的神之旨意：不光飛翔是美的，一個人即使耗盡自己的陽氣和生活搏鬥，那些在格鬥中陣亡的痕跡、那些眼皮浮腫隔天依舊打起精神上班上學去的無能為力、那些為了生活困頓所犧牲的種種勞苦功高，所有認清自己沒有水命，卻依然在水裡載浮載沉的奮力姿態，都是美的。

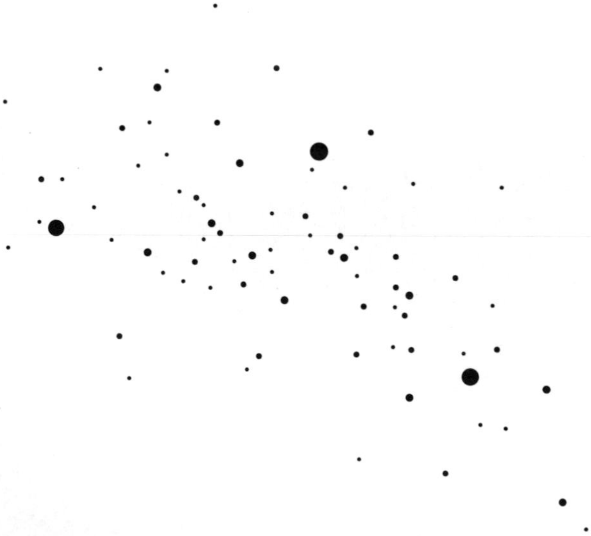

瀏海

每贏得一張自己想要的標籤我就竊喜，
一邊竊喜一邊虛榮，一邊虛榮一邊孤獨，
我以為這份孤獨是高處不勝寒，
其實只是在尋找自己的地圖上迷了路。

我的瀏海從高中時期就刻意不剪，在當時一票髮型統一、瀏海齊眉的少女當中，我便是不肯從眾的那個。我讀的高中在學生外表上的管控不算嚴格，沒有髮禁，所以也不是為了反抗什麼，或許只是天生背著一身荊棘，於是比起和他人成群結隊，有著三五好友可以作伴喧譁，好像更喜歡刻意彰顯自己和他人的不一樣，那使我感到既孤獨而虛榮，又或者更貼切的說法應該是，越孤獨便越虛榮。

我記得那個著名的哲學問題是這樣問的：假若一棵樹在一片樹林中忽然傾倒，但沒有人聽到它倒下的聲響，那麼，它是否發出了聲音？

十幾歲的我遇見這個問題，曾經十分肯定的給出我的答案：它沒有發出聲音。

因為聲音是為了被聽見而存在的，若是沒有人聽見，那麼這段聲音即使曾經響亮而磅礡過，卻跟不曾發出是殊途同歸的：沒有達成目標的活過，便不能稱為活。

十幾歲的我對於情緒的看法也是類似的，我演繹的所有情緒都是為了被觀看，甚至是影響他人。若是身處一個只有自己、沒有他人的世界裡，我會成為一個相對安靜的人，在當時的我看來，缺乏了觀看者的矚目，情緒似乎就不需要那麼鋪張而大肆了，因為它已經失去了它的意義——儘管那些意義其實是我強加賦予的。

我的情緒是外露的，更是隨時準備好受到關注的，我在各式目光下戲劇化地、預謀式地展現我的孤獨、傷心、幽默、快樂、難受、憤恨、猶豫、醋意、迷惘、憂慮，種種情緒都夾雜了表演的成分，就如同我的瀏海一樣，不是只因為純粹的心之所向而做，而是因為我想被大眾貼上某一個標籤而做，我太需要被認可和仰望，而在自己沒有自信圈選自己的當下，只能透過表演來贏得他人所給的標籤。每贏得一張自己想要的標籤我就竊喜，一邊竊喜一邊虛榮，一邊虛榮一邊孤獨，我以為這份孤獨是高處不勝寒，其實只是在尋找自己的地圖上迷了路。

十幾歲的生活像是住在海上，時不時動盪而激烈，我嚮往著最大的信念，自由、和平、快樂、寬容、受敬佩，進行著最渺小的叛逆，蹺課、逃學、作弊、抄作業、挑釁老師，當下無法斷言那種失衡的、碰撞的狀態源自於何者或何處，我只一直覺得匱乏和無力。我畏懼世界又嚮往世界，卻又想證明萬物對我不只沒有吸引力更沒有影響力，而學校和家庭之外的地方通稱為宇宙，因為難以參透跟理解，整個宇宙遍布坑洞，我大聲詛咒它的顛簸難行，卻沒有想過使自己磕碰的終究只是自己。

瀏海一路蓄著，從齊眉的妹妹頭開始，很快的，髮絲漸長，時不時會刺到眼睛，於是拿小黑夾往旁邊一夾，成了角度小巧的旁分，而後還是堅持不剪，一路留著，過鼻尖、過臉頰、過嘴唇，最後過了下巴。

上了大學，燙了夢寐以求的波浪捲髮，再把瀏海往後一撥，我看著鏡子覺得自己已經是個大人，最特別的大人。

滿心竊喜地辦了大學入學的手續，直到走在寬敞的文理大道，故作姿態地移動著，卻發現眼前的女孩子們可能有半數留著跟我相似的髮型，我沿路忍耐著想嘔吐的感覺，邊走邊縮起身子，只覺得眼前一片模糊，喉頭酸楚：你們早就看穿了是嗎？當我的內心不安於室、裝模作樣還自以為聰明的時候，你們都知道吧？只是不忍拆穿我的伎倆跟心思，於是我一直以為沒有人會發現，人們將會由衷認可我的特別、膜拜我的空前絕後。

我到那時那刻才知道，刻意操弄、蓄意展演獨一的，都不會是舉世無雙的梟雄，只會是數以萬計對他人目光渴求的其中一個，普遍而廣泛，俗氣且氾濫。

原來覺醒不需要痛哭失聲的怒吼，只是在靜靜走完一條路的時間，心底感悟了一些自己一時也說不清楚的什麼，而它卻開始替你修正你未來的每一個舉措和言行。

我沒有毅然決然地剪去我的瀏海，它如常地陪伴我度過我的大學生活，離開我的，是我詭異的虛榮心和標新立異的慣習，我開始直視平凡也甘於平凡，追求對自己坦白和誠實。以前喜歡經營社群網站，喜歡展演自己生活最極端的一面：極端的痛苦、極端的美好、極端的憂鬱，也喜歡看素昧平生的人對自己百般吹捧，被關注的感受輕飄飄的，我以為這是從容，卻沒想過這些終究不切實際，隨時可能倒塌，而後決心向自己靠近，不只是不再有意識的向世界表演什麼，更重要的是希望自己能向自己坦率，我只有越向自己坦承，才能每一步都走得安穩踏實。每一次決定不掩飾自己非但不善良甚至也不美好的念頭都是掙扎的，想粉飾太平的心念從未安息，卻還是一心往實誠且顛簸的路走，這些習慣像是磚瓦和鋼筋，替我奠基了安身立命的基底，某一天猛然回頭，發現原先活在海上、飄忽不定的自己，已經離岸邊不遠。

自己便是岸。我不再活在海上，我靠岸了。

紅疹

我耗費了長長的光陰去模仿、去成為他人的盜版，
但那樣的表演卻粗糙到連我自己都騙不過。
我以為是我不夠竭盡全力，卻沒有想過，
選錯了路的人是無法走到終點的。

不知道從什麼時候開始，頸子的右下半部有那麼一小塊總是發癢，若是穿上了領子稍微低一點的上衣，就可以看到鎖骨下蔓延了一小片，大概三個硬幣大小的紅腫。

一開始我也不甚在意，以為是被什麼小蟲子咬了一口，幾天就沒事，我擦了小護士軟膏，還有不知道誰給我的祕方藥草膏，剛塗上去的時候沒有感覺，過了幾秒開始發涼，那時熱熱癢癢的感覺會稍微退去，幾個小時之後，那種腫脹而發癢的感覺又會重起爐灶，就這樣周而復始了幾週之後，我才發現身體好像在抗議什麼。

總是覺得那塊痕跡在提醒著我一些什麼：我嘗試用他人的樣子融入這個世界，無論怎麼付諸努力，卻總是有那麼一丁點的不合時宜，特別是在和那些被仰望的人相處時，我就跟那塊紅腫一樣，雖不至於流膿出血，但就總是難以自控的發癢，那股不適和不對勁就是持續不斷的、不屈不撓的在身體裡隨意逃竄，從頭到腳，又從腳到頭，最後找到了一個人防備心最低、又時常顯露在外的地方發難。

我到很後來才知道，我不能一味去學那些我嚮往的人。我不是那種會窩在咖啡店苦思的創作者，我甚至不習慣咖啡的苦味；我也不是那種豪邁飲酒的藝術家，我甚至不能接受酒精入喉的燒燙感；我不喜歡貓，當我和牠們四目相對我總是感到害怕，相較之下我還是更喜歡狗一點；我當然也不曾才氣縱橫、瀟灑不羈，我總是對世俗紛擾牽腸掛肚，對那些求而不得的，更是耿耿於心。

而我曾經多麼欣羨那種氣息，覺得自己也必須成為某些特定的樣子才算是真正的活著，於是在發現自己做不到的時候，某一絲靈魂就凋萎了。

我耗費了長長的光陰去模仿、去成為他人的盜版，但那樣的表演卻粗糙到連我自己都騙不過。

我以為是我不夠竭盡全力，卻沒有想過，選錯了路的人是無法走到終點的。

在那段充滿難以承受之重的日子裡，我對什麼都抱持著敵意。面對優秀的人，我表面無恙，但心裡暗自咒罵，覺得他的成功多半是來自世代之間的不平等，是來自階級的複製，才沒有什麼了不起；面對友善的人，我不屑一顧，覺得一個人是因為沒有實力才需要用熱切的態度討好他人；我厭惡富人、善人、好人、壞人，更確切來說，是所有我認為過得比我好的人。我看什麼都感覺搔癢疼痛，覺得世界的本質就是腐朽發臭的，甚至還拖著我一起下沉。

脖子更癢了，也更腫了，不管我遇見什麼人，我都覺得他在盯著我的脖子。

「妳不要再假裝了。裝了也不像的。我們都知道了。」

我甚至哭不出來，我不知道我的失望跟絕望從何而來，明明我如此奮力在學，在實踐，怎麼還是空虛，怎麼還是空乏？

我花了很多時間把重心從向外的、發散的，轉為向內的、聚焦的，我學習認識自己，才終於願意看見自己，承認自己。

我是母親用俗氣餵養成人的孩子，於是我的氣質便是庸俗的，我的身上沒有靈氣跟書香，時常覺得自己胖，卻沒有毅力開始減重；我總是焦慮害怕，總是在對抗生活而非享受生活，偶爾這樣和世界硬碰硬的日子會給我一點甜頭，我可以寫下一些彷彿言之有物的隻字片語，但這些爛漫斑斕的腳印，只要一碰上柴米油鹽就會被消磨殆盡。

而在我不認可自己，卻仍然不曉得問題究竟出在哪裡的時候，洪卻一眼就看見我使勁藏起的癥結點，他說：「我希望妳在愛我之餘，還能更愛自己。」

在所有人都要我去愛別人的時候，只有他要我愛自己；在所有人都忙著找出我不被愛的原因時，只有他無論看到我什麼樣子，都用最真誠的語氣對我說「妳好可愛」。

我曾經以為你是我抵禦外侮的堅固盔甲，是我一個人的千軍萬馬，現在才知道不是的，你不為我抵抗世界，你也不要我與世界為敵，你只是輕輕伸手，撥掉我肩上那股不合時宜、那股對任何事情都感到不被認同的彆扭不已。

你聽到我在世界背面無聲但尖銳的聲嘶力竭，你找到我，引我再次入世。我踉蹌繞著路，終於又回到了滿是善意的空間，我開始能看見美好，甚至相信美好會發生在我身上。

那之後的某一天，我猛然意識到我已經好久沒有注意我的脖子了，衝到鏡子前才發現，跟我纏鬥已久的那塊痕跡早已消失無蹤，肉眼難以察覺，只是觸感還是有些粗糙。

我的紅疹消失了，但我開始能夠看到他人的紅疹，他們可能很酷，可能很溫柔，可能很時髦，可能很不擅社交，但他們都有著相似的紅疹。有些是在肌膚露出的地方，但更多的是被衣物遮蔽著的，不過即使被遮蔽了我也能一眼認出的，畢竟我們的眼睛曾經有過同樣的情緒：看著某個人，心理同時帶著瞧不起和欣羨，那種愛恨交織，十足矛盾，連自己都無法命名的眼神。

那不是病，所以不管外用或內服的藥都是不管用的，那是一種記號，說著「我們都是一樣的，誰也不孤單」。

模仿或神似都不能幫你掙脫這個隱性的標籤，只有找到自己是誰，才可以擺脫記號。

書櫃

伏在新書櫃前啜泣之時，
我卻彷彿從裡到外被灌溉了一遍，
感覺自己的手腳重新溫熱，
五臟六腑再次新鮮。

我終於還是買下了一個書櫃。

重新拾起閱讀和購書的習慣只是這幾個月的事，母親眼見我帶回家的書籍數量越來越多，從日日耳提面命「不要買了」，到乾脆眼不見為淨，再到指點我去大賣場買些橫擺便可以充當書櫃的層架。這般轉變過程中，她的心情充滿了無可奈何，可我是多麼貪心，我還是想要一個書櫃，一個真正意義上的書櫃，木質色調且高度高於一個成人的書櫃、家具店裡的標籤上寫著「家用書櫃」而非「萬用收納櫃」的那種書櫃，不將就的書櫃。

剛從台中回到高雄的第一天，洪到捷運站接我，我們頂著高雄硬漢般的太陽，來不及稍作歇息就往家具店去。一路挑挑揀揀，終於尋覓到一款尺寸相符且價格也平實的書櫃。高高瘦瘦的它穿了整身淺色木紋，溫柔的像是能擁抱任何齟齬，容納所有無論憤怒的、繾綣的、哀傷的、歡快的字。

宅急便司機很快便替我送來了二十幾公斤的包裹，弟弟一肩扛起，幫我搬上樓組裝，我在一旁對於器械的使用無能為力，只偶爾幫忙遞點東西，直到整個書櫃成形，我們合力將它就定位，而後我單獨把這陣子買來的書一一分門別類，像進行宗教儀式一般，緩緩將它們按照自己所擬定的次序擺進隔層裡。

擺完後，一個人在書櫃前哭到不能自已。

上一個書櫃是四年前，在從小生活的那個家，一進家門就會先看見那個足以容納三個成人的大書櫃公開的貼牆立正，雄赳氣昂，像是我們家的第五個成員。母親和弟弟對於文字並不熱衷，因此整個書櫃都是父親和我共享的宇宙，每本書都是星星，分散之時微微發光，聚集在一起，卻能劃出漫天煙火，而無論是微光還是煙火，都只有血脈裡流淌著文字的人才能感光。

那是我和父親最親密的一段時光，我們的血液裡除了一樣的基因，還都淌著墨，而墨裡則蘊藏著獨到的愛和理解。

而後原生家庭離散四方，那些由黑墨所一筆一劃紋成的星星點點也在一夕之間離我而去。我從一個受到璀璨星光庇佑的少女，被迫長成目光黯淡的大人，命運之神在某時某刻切斷了我生命之火的燈，我成了摸黑的人，在暗路裡跌跤，在坑洞裡滯留，在髒水中浮沉，野獸一般，放棄除了生理需求之外的所有觸角。為了存活，我的星光、我的煙火、我和文字緊繫的悸動和躁動都不復存在，當時的我只是仿照過去的我所濫製的粗糙贗品，那是受痛的餘韻，細長無邊，在你身上纏了一圈又一圈，偶爾小施恩惠般的稍稍鬆了線，時不時又趁人鬆懈不備之時，大力拉緊。

日子像被冷凍了起來，看似無恙，實則已經僵硬無法動彈，再也不鮮美。

而伏在新書櫃前啜泣之時，我卻彷彿從裡到外被灌溉了一遍，感覺自己的手腳重新溫熱，五臟六腑再次新鮮，身上原先被緊束著的繩結一個個鬆開，原先縮進身體裡那個小小的、已經被日子淘洗至近乎透明的靈魂逐漸膨脹，從身子裡浮出一團粉色，和書櫃的木紋一起，一路壯大至將我的肉身全然包裹。

書櫃之於我，從來就不只純粹的物質性，就像電影《單車失竊記》裡的那輛單車，它是展望，是寄託，是盼；是安穩的生活，是可嚮往的未來，還有屬於自己的角落。我想起幾年前顛沛流離的自己，即使偶爾抱著書，最終卻也只能在住處變動的打包時四處詢問朋友有沒有意願收留，一邊問一邊哽咽，不敢相信自己總是在送走這些曾經和自己緊緊相連的存在，每送走一本，就像在替自己送葬，沒有長長的隊伍，沒有嗩吶鑼鼓孝女白琴，只有夾在書頁間的、他人無法拆封的陣陣哀淒。

我記得F替我收了很多書，我總對她說，送給妳；她就會說，等妳有地方收的時候，我再全部還給妳。某一次她收到了我寄去的幾本書，傳了訊息來，「我這裡也有一個妳的書櫃了」，我握著手機便掉下眼淚，像是終於有人讀懂我夾在書頁間的哀涼，並且將這份悲愴妥善收好。

而日子兜兜轉轉，時間一邊折磨人，又一邊不忘留給我一條窄窄的活路，我彎腰鑽著爬著，最終還是迎來了踏實的光景。曾幾何時我總是不相信自己能有機會再擁有一櫃泛著光的星點宇宙，如今我卻用血淚為墨，將這點點星光的每一次眨眼烙在自己身上。

光就在我身上，再也不會擅自熄滅了。

擁抱醜態

復原所受的痛是長期而且無處不在的，
而當你可以擁抱自己的醜態之時，
你便離好起來更進一步。

父親過世之後的幾週，我除了心境有些閒散之外幾乎一如往常，朋友意外我的鎮定沉著，我也難以相信一向情緒化的自己竟只有在為了各式表格東奔西跑之後才會產生一些煩躁。我把日子用銀針細細挑開，一絲一縷檢查，發現它們都是乾燥的、是晴朗的，沒有預料中的水氣和血水帶來的長期陣痛，唯一的不同大概是在言談間聽見朋友對我說「哭爸喔」，我的回覆從「你才哭爸咧」變成「我已經哭完了」。

而一切是什麼時候開始的，連我自己都不知道。

首先壞去的是身體。待我意識到的時候，已經是我把小腿、膝蓋、胸部全都抓破了之後，每個地方的傷口看起來都好相似，三或四道細細長長、不深甚至也不太滲血的爪印，周圍挾帶著一圈紅腫，穿上衣服之後我便和常人無異，剝下衣裳以後我卻開始無止盡的抓癢，我的身體被拆成幾個區塊，全都是彼此的病友，有著類似的病徵：臉頰、手臂、胸、側腰、肚臍下方、大腿內側、小腿東一點西一點、腳趾⋯⋯遍布全身，我奮力地抓，對於色素沉澱和結痂不管不顧，時常能看見身體的皮屑從指甲縫中飄落。搔癢的感受十足任性，不定時也不定量，於是我再也無能於超過三小時的睡眠，只能求助於各種有止癢作用的藥膏，軟膏式的，藥水式的，台灣的、日本的，於是我身上總是有股散不開的清涼薄荷味，聞起來清新，實則滿身晦暗混沌。

緊接著壞去的是記憶。關於「父親過世」的印象只剩下我當時用手機記錄在社群軟體的零碎片段，像是一部放映中的電影逐漸退化，從清晰且流暢的聲音和影像之加總逐步定格，剩下某幾幕色彩鮮明的照片，而照片在不久後又再次受到風化，除了失焦、褪色之外，還被突如其來的大風颳亂順序，只留下一幀幀不明就裡的圖像；和出國讀書許久不見的好友A通電話，話鋒一轉，問他：「欸，我有告訴你我爸過世了嗎？」A詫異不已，將我們的聊天紀錄截圖傳給我，我才發現他當時便連著幾天即使飄洋過海，也算準了時差在我醒著的時候傳來慰問。

記憶之珍貴或許便在於，太常緬懷，會失真；久置不理，會失去。我所剩下的，只有一團又一團、模糊且朦朧的景象之碎片，我看見神主牌，看見香灰，看見母親和弟弟，看見骨灰罈和寺廟、靈車跟葬儀社人員的西裝，還有黃燦燦的紙元寶和紙蓮花，可任我怎麼嘗試拼湊這些圖像，卻再也說不成一個有起承轉合的故事。

我總覺得這些記憶的碎裂是在懲罰我的逃避，從父親過世之後，我便下意識地不想談及這個話題，盡可能表現得冷靜且從容，像是這件事情的發生傷害不了我。但其實一切的疏離來自我知道觸碰和接近會帶給我難以估計的傷害，那些親情所引爆的炸彈總是時不時在我身上炸開，一個又一個彈殼就這樣鑲進我的皮肉，身上閃著金屬光的背後，是我躲在床上咬牙隱忍那刺骨之痛，是每每進了戲院看見父親的角色便涕淚縱橫。

某個晚上我和A通了長長的電話，我說起這件事，告訴他我領悟了身體和心因為我的逃避而給予我的懲罰。我害怕遺忘，捨不得以後想起父親只剩下那些粗糙的印象，卻也害怕記得，那些清晰而銳利的過往明明各個劍走偏鋒，卻志同道合地往我身上扎。我曾經以為長大便是得以仰賴自己，終有走出原生家庭動亂的一天，但或許，長大其實是要我們在出走之後，自行走回原生家庭的暴動，「我好像必須面對它，面對他們，面對傷害，但我其實已經看膩自己滿身是傷，又或者不是看膩，是因為看不膩，面對傷痛無法麻木，所以越看越怕，但好像越怕就越要看、就越得看。」

A沒有對我說加油，亦沒有稱讚我勇敢，他只說，或許不是每一次的沉慟都需要急著面對，身體只是在保護我和提醒我，把這些看做懲罰的，是我。

我拿著話筒，因為沒有想過這個可能，於是久久不能言語。

或許有些時候，因為怕痛而逃避、因為恐懼而退縮，都是人之常情。那些因為示弱而換來的短暫平靜與快樂、那些因為服下止痛劑而擁有的看似正常的人生，那些苟且偷生的醜態，只因為我們對於生命還懷抱著期待。

每一段走進荊棘之路的長長路程，清瘡、結痂、生繭的過程固然可貴，但或許，我們還是可以偶爾讓自己偏離軌道，與心底的魔鬼交換條件，踏踏平坦的柏油路和康莊大道，積攢足夠的能量以後，再回到自己的課題上。

我無法控制這些關乎失敗者際遇的種種要不要發生，遲早得正視它為我的生命帶來的風雲變色，但或許這個「遲」或「早」，是我可以自己決定的，是我這段蠻荒生命裡，唯一受控於我的了。

不需要迎合他人對於「變好」的期待，那些堅忍不拔、破釜沉舟、鍥而不捨的毅力你都有，但你同時也可以擁有害怕、裹足不前、鑽牛角尖。復原所受的痛是長期而且無處不在的，並不亞於傷害爆破的當時，而當你可以擁抱自己的醜態之時，你便離好起來更進一步。
或許還是很遠，但至少，更進一步。

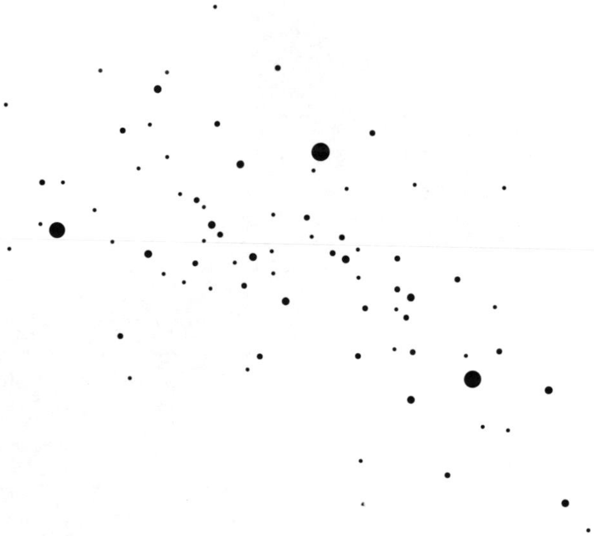

日子如常，
卻往往
通向未知

你不知道這個路口會帶你去哪裡，
你只有跨出了步伐才知道，
迎接你的是風景壯麗還是烏煙瘴氣。

我曾經很喜歡我的行李提袋。

行李提袋是某個化妝品牌的滿額贈禮，因為時常通勤往返，原先的後背包容量不夠，看見網路上有人便宜拋售便隨意買了。剛到手的時候，喜歡它黝黑的外表，低調不張揚，好像弄髒也無所謂；內容量大，塞個五天的換洗衣物都沒問題；把手觸感軟軟的，不扎手；整體看起來散發著一種生氣蓬勃的野生氣息，就像我。

或許那時候也是喜歡那種生活的：抓著行李袋四處打工、週末坐上火車去找洪、偶爾回高雄，台北、台中、嘉義、高雄，高鐵、公車、客運、台鐵，雖然軀體時常疲憊不堪，有時在北上的夜車就無法自抑地哭了起來，但這樣來回往返而且居無定所的生活，在那兩年裡給了我一種「我已經很努力生活」的錯覺。

那是我經濟困窘最盛的兩年，也是我心思衰亡、三魂七魄只剩下其中一半有餘力運作的兩年。當時每每經過路邊祭祀中、燒得正旺盛的金爐，我都得強壓著想跳進去的慾望。庸碌無為又喪盡氣力的我早就被夢想二字屏棄，唯一稱的上嚮往的，或許只有好想過著被人供養的日子、好想了無牽掛、好想無後顧之憂，好想連著骨髓一起被焚燒殆盡。

思想之偉大，如同心魔之無所不在，困窘的日子彷彿過不盡，我數著日子以為盼到天光，但才剛從一個地獄爬出來，怎麼好像又闖進了另一個。牛鬼蛇神交還了我的肉身，卻收走我的心思壯闊、收走我的點點螢光，還有我的盈盈笑臉。

那兩年的日子在不同的數字交錯中晃眼就過了，學分數、上班時數、時薪、車票錢、作業成績、考試排名、生活費，每天一睜眼就是無數代辦事項，身體在動，靈魂在死，而我一直凝視著鏡子，告訴自己我沒有死，我正在氣力耗盡的活著，無視於凋萎的靈氣或說來即來的眼淚，明知自己血脈裡避而不談的傷亡和遍地屍骨，卻置若罔聞，讓時間和慣性引我持續吸入自欺欺人的鴉片。

正在經歷的當下不那麼苦澀，等到回首才隱隱感受到那樣的危險。

當自己習慣過著過去自己最不想過的日子、當自己對於只剩下空泛的軀殼習以為常、甚至當自己面對著這樣的關卡卻依然哄騙自己：「沒事的，我已經很努力了」，但其實只是重複著日復一日的生活、販賣自己的時間跟笑臉，以便換取明天、後天、下個月的伙食費。

我偶爾會想，不間斷的勞動是否抹煞了我？我曾經將所有的責任都歸咎在勞動本身，但後來才發現近乎失手殺死我的，是我自己做的每一個選擇。

我選擇了那條阻力最小的路，選擇無視曾經的所有創傷以至於未來要花更多心力面對深埋的情緒炸彈、選擇簡單且一定會得到報酬的工作於是思考停滯、選擇浪費自己的時時刻刻，反覆重播每一個可以預期的明天。

而我一直到自己對行李袋開始有了難以名狀的厭惡才意識到自己的人生正往一條我並不那麼甘心的路走去。我開始厭惡每個提起行李袋的日子、厭惡中長程的交通工具、厭惡身兼好幾份打工之下那種時不時想嘔吐的勞累與壓力，以及和壓力並不相符的勞動所得。

本來黝黑的行李袋沾染了各處的粉塵之後成了灰濁的顏色，像鄰居家裡的紅貴賓那雙得了白內障的眼睛；柔軟的把手褪了皮，不再柔軟如昔，太急躁的時候還會被它扎上一把；它的大容量更是一再提醒我，我是個沒有棲身之地的外來者，我的家或許就是一只可以把所有家當都塞進去的破舊提袋。

唯一不變的或許只有，這個行李袋還是很像我，從一開始野生的、生機蓬勃的，到後來的滿臉風霜、衰老不已，都像我。都像我的命運。

小時候常常聽大人說「人生的十字路口」，讓我以為面對人生的轉折、分歧都是大風大浪似的，都是有一個聲音一再告誡你「這個決定很重要」、「這個決定會影響你未來的一生」，而真正走到了這，才知道沒有所謂人生車水馬龍的十字路口，生命裡有的只是無數的細細小小、繁瑣不已的小岔路，你不知道這個路口會帶你去哪裡，也不知道選擇在這個轉彎之後會帶給自己什麼光景，你只有跨出了步伐才知道迎接你的是風景壯麗還是烏煙瘴氣。

我是沒有後援也沒有前線的小兵，時時刻刻提防著彈藥武器，最後卻死在蚊蟲叮咬和飢餓不堪。

日子如常，卻往往通向未知，這才是我最感害怕的地方。

獸

我曾以為日子是獸，
後來發現，日子是監牢，我們才是獸，
而困獸的使命，是持續爭鬥至倒下。

好友S在國考前一週和我一起去看電影，國中因為被家長塞進同一間補習班而相識。當時我們的住所約莫只間隔了十分鐘的車程，偶爾假日相約看電影便一起搭捷運從北高雄出發到南高雄，沿路經過五六個站牌，那幾分鐘的時間我們嘻笑怒罵，無視他人替我們扛起的天，不知道那片重擔有一天會砸在我們身上，只記得偷偷告訴對方，那個男孩子終於對我表態了月色真美；七八年後的現在，我輾轉了一趟又一趟，暫時在南高雄落腳歇息，同樣相約那間熟悉的百貨公司影城，兩個人卻已經捨棄捷運，從不同的方向騎著摩托車，龍頭在沒有警察身影的十字路口靈活地高雄式左轉，碰面之後談的是失能險和青年房屋貸款。

不變的是S的口頭禪，那句「好煩喔～」短短二十分鐘的交談裡她可以說上十次，那個「喔」字有著長長的尾鰭，帶點鼻音，像是一尾鮮活的魚拍著尾，左轉的時候不遵守常規，在海裡走出歪歪扭扭的路線，拍著拍著就住進我的南國記憶裡。在那些離鄉求學打工的苦悶日子裡，她從話筒裡游出的魚群是我緊抱的浮木，好像只要攀著這纏繞著尾音的尾鰭，我又能回到那片在烈日之下閃閃發光的海和黑沙灘。

回到高雄的時候是六月底，而七月的高雄正值雨季，滂沱大雨不斷，一滴一滴打散了想像中那片波光粼粼的海。黑沙灘之下藏著一點一點斑斕，挖開來看才知道都是腐敗，想像裡的美好家園在生活的坐與臥之間被一片一片剝開，已經剝下的這一片是親族長輩逐漸不加掩飾的重男輕女，那一片是母親因為經濟困窘而拋出的言語利刃，現在正奮力抵抗、不願輕易被剝除的這一片，是求職途中一次又一次的受騙以及受挫。

這些種種，S都清楚。我們總是牢記對方的事蹟，因為彼此的經歷相像，偶爾我會在忽然一愣的瞬間裡記不清這究竟是我的生命還是她的。那樣的交疊和交融是比親人、情人都更親密的匯流，她的暖流總是能在我脆弱的時候察覺我的破口，輕輕悄悄地，從那個隱密的傷口游進我停滯的海，替我重啟拋錨的引擎，將我棄置在一旁的船槳重新放到我手裡，我們各自重新啟航，說要往很遠的地方去，卻怎麼也繞不開南國的海域。

我總是覺得自己的性子就跟這座城市一樣，炙熱而赤誠，情緒波動豐富如同午後夾帶著陣陣雷聲的傾盆，而家鄉的吋吋土地留給我的感觸是如此難以言喻，我的種種破碎發生在這裡，但我厚厚的熱愛也留給了這裡，像是一抹擦不掉的血痕，久了反而成了一個人的特色。偶爾因為朋友的約會而重回北高雄，看著舊家附近的空地興起了一座又一座華麗的高樓大廈，幾次想繞去活了十幾年的社區看看，卻永遠都在最後一個路口又往反方向轉，我甚至不知道這是不是近鄉情怯，只是無法釐清自己究竟是想看著它好還是不好，倘若它逐漸衰破敗落，我必然心疼且不捨不甘，但若是它興盛更加，我會不會因此而更自卑、更頹喪？面對生命的缺憾，我似乎總是三番兩次下定決心，告訴自己要有勇氣回頭凝視、接納、擁抱它，卻總是在幾乎能碰觸到核心的關鍵時刻收手，收手後又暗自咒罵自己的懦弱，這樣的循環成為了我掙脫不了的內耗，在同一條路上累積了千百次來回的足跡，走不到終點之餘甚至開始懷疑所謂終點是否存在。

某次經過S家的路口，我跟著耳機裡拍謝少年的聲音在安全帽裡吼出聲，「這是咱的時代啊／骨力走從幾若冬」，我想著，我們是如此的努力，背負著學貸和期待只為了守護生活可以一直如原樣，不求富貴，只求順遂，但生活是這般脆弱，太過用力是壓榨，太過懶散則是荒廢，而汲汲營營了大半輩子的他們也試圖將它護在掌心，但一陣狂躁的大雨過後，那些心血全崩塌陷落在我們的身上。我們都是嘗試擋車的螳臂，有著說出來可以賺人熱淚的故事，褪下層層遮蔽物之後，還有一條又一條事故之後殘留的血痕。

我曾以為日子是獸，後來發現，日子是監牢，我們才是獸，而困獸的使命，是持續爭鬥至倒下。

可我不想倒下，我只想識別每張平凡面目下藏起的，那一隻隻原始的獸。

你知道嗎，擁抱獸的時候，其實不會痛。

我
不住在
烏托邦

在這個主打「厭世」的時代，
放棄並不是一件會招人嘲笑的事，堅持才是。
人們喜歡看那些在泥濘中連滾帶爬的人醜態畢露的樣子，
搶著用言語的槍貫穿他們的夢。

下班之後收拾了幾件厚重的毛衣和彩虹旗，從暖和的南國動身往北參加音樂祭。

我從去年開始才初次出沒在音樂祭的現場，而後便像成癮一般，每次刷卡買票的時候都十分果斷而且痛快，像是終於有餘裕可以把當初為了溫飽而典當的靈魂贖回來，並且繼續餵養因為歷經風霜而消瘦羸弱的它。

音樂祭的第二天，在等樂團上場前和出國交換半年剛返國的同遇見，我們席地而坐，光線被身邊筆直站著、視線前望的人群擋個嚴嚴實實，我看著他，發現他臉上沒有光，我想我也一樣。

不是第一次在音樂祭遇到同了，記得他難掩興奮地說：「音樂祭就像一個烏托邦。」我再認同不過了，在這裡我總是看到五顏六色的頭髮、一個比一個更浮誇的身體毀飾、各種議題的毛巾和旗幟，看似衝突，卻是一片祥和。

它是一個大大的、包容異己、接納他者的擁抱。

從他出國的所見所聞開始，叨叨絮絮聊到關於生命、關於創作、關於未來，到了後來我幾乎只能聽見自己雜亂的心跳聲，那是鼓足勇氣坦承自己打從心裡的惶恐和困惑的自然生理反應。

我說：「過去我們曾有過的那些，要說是多餘的感觸跟思緒也罷，但那些思考——不管是過程或是結果——都是一種用來形塑我們人格的磚瓦，而當我們越來越習慣那種片面卻快速的刺激，像是社群軟體、youtube上華麗的標題、腥羶色的小道消息、試圖激起人類憤怒的新聞，我們面對思考也就越來越怠惰。」我頓了一下，繼續說：「我總覺得我是仰賴著過去的磚瓦在生活的。」

在二十二歲的時候持續修正那個十九歲就意識到的問題、聽十八歲就在聽的音樂、愛十七歲就在愛的人、讀十六歲就在讀的書、思考十五歲就百思不得其解的疑惑。

我的肉身至今仍不間斷地老朽、腐鏽，但其餘的，不管稱它是靈魂、人格、心志，卻好像停在某個時刻不再前進。

他聽完，目光往舞台方向的遠處望，灌了一口他自製的酒精飲料，用米酒跟芭樂汁混合而成的，氣味濃烈，低低地說：「我們再也沒有新的碎片了。」

是嗎？我們的生命開始要毫無意義了嗎？我們一路披荊斬棘，蒐集了不多不少的碎片，拼湊了不太完整、當然也不甚完美的自己，然後就只能擁抱著這個殘缺破敗的狀態度過餘生嗎？

我們都沒有答案，穿著復古花襯衫，看似豪放狂野，實則內心縝密的他沒有；盡可能表現的從容不迫，但其實心底急切躁進的我也沒有。

道別之後，我去聽新褲子，最終淚流滿面。

第一滴眼淚在〈生命因你而火熱〉的時候落了下來，「我倒下後／不敢回頭」，當我逐漸意識到我的能力撐不起我的自尊心，我的日子便是不斷垮台，趁著沒人的時候才敢掙扎著起身，在這個主打「厭世」的時代，放棄並不是一件會招人嘲笑的事，堅持才是。人們喜歡看那些在泥濘中連滾帶爬的人醜態畢露的樣子，搶著用言語的槍貫穿他們的夢。

最後一首歌是〈我們的時代〉，主唱說：「接下來的時代還是我們的，還是年輕人的，對吧？」但面對即將拔山倒樹而來的責任和榮耀、面對沒有人在乎我在乎的事*、面對跟自身理想背道而馳的真實世界，我真的準備好了嗎？我不知道。

我在這個烏托邦裡發現自己無法透過狂歡的氣氛麻醉自己心底的焦慮，我不住在烏托邦，儘管這裡擺放了我無盡的念想跟嚮往，但我還是得回到真實世界打拚，才有資源能取得這短短幾天邦民的資格。

想起跟同道別前他對我說的：「我們且戰且走」，這是一句多浪漫又勇敢的話，但我最害怕的是，長期的且戰且走最終使我面對生命的選項變得輕率而不自覺。

我曾經以為生命的成長是自然而然、甚至是美的，直到命運伸手朝我輕輕丟了一籃臭雞蛋，無聲無響，異味卻在我身上久久不散，我才知道長大是一段艱辛而困苦的旅程，是面對生命給的爆破無能為力，在咬牙苦撐和舉手投降之間飄忽不定；是偶爾堅毅、經常脆弱，而堅毅的時候所踏下的每一步，都讓我在回望之時熱淚盈眶；是不需要酒精也能陷入微醺不清醒的狀態，因為所有的氣力只夠肉身繼續活動，當意識到身上少了什麼回過頭去找，才知道靈魂已經被遺落在某個泥淖汙穢的遠方。

我其實不怕自己已經走在能做夢的年歲的最尾端，也不是那種時常緬懷幼時情景的個性，我只怕我所認定的現實、現狀、又或者我堅守著的下一步，也只是一種參雜了臆想與空想的美夢，它其實是破了洞的*，而我自以為築夢踏實、一步一步向上攀著，其實只是踩著空泛的理想向下、向無底亦無盡的深淵墜落，直到一腳踩到破洞的那一刻才肯相信，嘿，我不是天選之人，我生來是真的沒有翅膀。

＊靈感來自樂團「那我懂你意思了」的歌〈沒有人在乎你在乎的事〉。

＊靈感來自樂團「傷心欲絕」的歌〈破了洞的美夢〉。

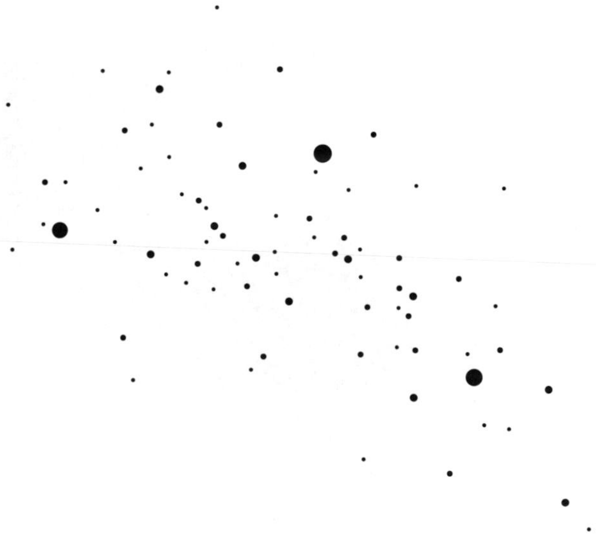

音樂祭之後

原生家庭是我的黑洞，
明明深諳靠近就會被捲入吞噬，
卻每每在逃出來之後又捨不得遠離。

週末為了覺醒音樂祭北上嘉義，最後一天從猛虎巧克力開始，已經做好準備自己會在〈不再是少年〉淚流滿面，沒想到第一首〈重生橋〉就讓我哭出聲。

過了這座橋我就要去沒有你的地方
找到一個方法把你給徹底地遺忘
在這之前最後一次沉浸在這般幻想
直到那天能夠承認一切如夢一場

我在宜農的聲音裡毫無預警的想起父親，想起死亡，想起或許我總有一天必須承認，我的血親不會如我想像的那般愛我。

那些有前提或條件的愛、不夠愛的愛、因為義務而愛的愛，都不能稱作是愛，於是他們對於愛既不為，也不能，但我卻依然留戀著，心底有一片小小的幻想，或許有一天，我也能當一個被愛澆灌得很徹底的孩子。

我還想起畢業後回到高雄的日子，投了幾封履歷，某間公關公司來信邀我去面試，當天早起梳化，對著鏡子仔細描繪唇峰，換上平常不常穿的襯衫，在浴室裡對著鏡子練習自我介紹，見到主管第一面卻連問好都忘在腦後。

主管大概四十出頭歲，長的就像我記憶裡父親的樣子。方頭大耳，一雙深邃的眼睛和高挺的鼻梁，一頭黝黑自然捲，是命理師口中好命的面相，差別只在於我面前的這位似乎真的過上了物質上的好日子，而我的父親，大概是在投胎時配戴了錯的肉身，一輩子誤以為自己有受人欣羨的可能。

面試不長也不短，約莫一個鐘頭的時間裡，他說了一些關於公司的運作方法還有這個職缺需要的特質，我聽進了一些，大多則無法維持注意力，因為所有的力氣都被我用在忍耐鼻酸，還有想要請他對我說一聲「我沒有怪妳」的衝動。

面試結束，他送我到門口，聲調親切的問我怎麼回去，我說騎車。他又問我住哪裡，「我跟媽媽現在搬到鳳山了。」我幾乎脫口而出，愣了幾秒才意識到他並不是真的父親，用不著跟他解釋我這幾年倉皇狼狽的遷徙過程，張愛玲說：「三搬當一燒」，而這幾年在幾個住所的無奈輾轉早將我燃成了漫地荒涼。我的櫃子是空的，日子是裂的，腦子和心是被蛀過的，什麼也留不下來，書寫做為一項慣習，或許只是為了對抗消逝的種種*，記憶、情緒、晴朗的白雲或忽然颳起的大風，那些帶不走的，我偷將其刻在文字裡。

草草跟主管道別之後，即使腳步凌亂卻依然努力撐著表情，終於在轉角的洗手間裡，蹲在馬桶旁摀嘴痛哭。

原生家庭帶來的傷害是一種慢性疾病，它不只發作在事發的當下，傷口被時間一時一刻密縫之後不再滲血，病因卻依然潛伏在筋骨深處，更多的痛覺存在於未知的未來。猛一抬頭遇見那個背影相似的人、動畫片的小段情節、某首歌的一段歌詞都可能誘發那病徵，而我似乎不曾成功培養過抵抗力，只能一次又一次，在大病一場之後，扛著病體，嘗試活成一個美滿得理所當然的一般人。

音樂祭結束之後，許久不見的好友M驅車載我南下，國道一片漆黑，只有幾盞慘白的路燈。他對我說，我是她見過最勇敢的女孩子，他偶爾讀著我在社群網站上留下的掙扎痕跡，會想著我一個人要怎麼辦。

「妳一個人，要怎麼辦？」

我在副駕駛座聽到這句話恍神了幾秒，在這個習於以家庭為單位的社會裡，我已經孤身在外遊蕩好久了，久到習慣這種孤單，已經不覺得「一個人」是個需要特別被點出的狀態。我的血脈和某些人連在一起，這些連結卻無關愛，無關愛的連結因為諸多原因而無法斬斷，這些連結最終只變成使我綁手綁腳的鐵鍊，日子久了，鏽去的表面一次又一次刮傷我，卻依然強健，不可破壞。

於是我雖然是個失根的人，同時卻又深受血緣束縛。原生家庭是我的黑洞，明明深諳靠近就會被捲入吞噬，卻每每在逃出來之後又捨不得遠離，總想再試一次，或許這一次，我們就能和平共處；或許這一次，他們已經準備好要愛我了；或許這一次，我已經能夠不在意他們是否愛我。

打開車門跳下車，對駕駛座的M揮手道別，說好保持聯絡，關上車門的那一瞬間也和猛虎巧克力晨曦光廊拍謝少年等等樂團告別、和音樂祭的一切眼淚、不羈、昂揚、感觸、歡樂、尖叫聲道別。下次再見，謝謝你們帶給這個世界這麼好的音樂，謝謝你們用一串串音符將我承接。

雨靴上滿是泥濘，但因為在舞台下用眼淚洗去了種種塵世紛擾，我卻感覺再一次潔淨且輕盈，好像又能再一次鼓起勇氣，甘心回到我的深淵。

＊概念來自蕭詒徽在《鼻音少女賈桂琳》的新書發表會內容。

世界
裂開了，
而你沒有

不是所有的故事都會有好的結局，
但你要相信你的故事會。
即使絕望也要心存盼望，
因為裂開的世界會帶你去到未曾想像過的地方。

意識到自己似乎在逐漸好起來的過程是很緩慢而且反覆的。

就像是，明明眼前是一條寬廣而筆直的路，我卻因為曾經的磕磕碰碰而對康莊大道的真實性感到懷疑，戰戰兢兢且不敢邁開步伐之餘，甚至還想轉頭往回走，反正我已經習慣那樣崎嶇的生活。

我到那時候才知道，深淵的入口是一個難以窺見的洞，你無從選擇用何種姿態墜落，自然也不需要掙扎，而當你有機會能夠重回平坦，卻是需要無數的勞動、懺悔、攀爬、下跪、低頭、求助、放棄，一路上都是狼狽而且受盡磨難的。所以有太多人見過了陰暗，就再也見不到光。

無家可歸的那一段日子裡，我有很長一段時間難以入眠，入睡前那段輾轉的時間我總是閉著眼，幻想自己是言情小說的女主角，在患難之際遇到了一個願意捨身相助的人，從此我和他便過著安然無憂的日子，可以嘻嘻笑笑，相守一輩子；又或者我會起身點開 youtube，播放那些介紹奢侈品的影片，恍惚之間，我好像不再是那個原先熱愛文學，但在被趕出生活了十幾年的家之後，因為沒有地方可以好好收納書籍，所以已經好幾年都沒有再買過一本書的女孩子。

那段時間是靠著逃避自己的生活，在腦海裡體驗別人的生活才撐過來的。最原先我還是奮力想掙脫的，我想過回好的生活，想繼續保有自己的思想跟興趣，興許有幸還能持續豐沛自己的靈魂，我沒有想過這些嚮往都需要付出相對應的代價，我再也不能只作夢，我需要付出，需要逢迎諂媚，需要苟延殘喘，需要用自己曾經最無法苟同的方式活著。

我沒有想過長大，我也沒有時間想什麼是長大，我只想著要活下來。

那段日子，我對時間的感知從時鐘變成打卡鐘，我的時間被打卡鐘削成片狀，一片一片，像會透光的紙，我抓不住，因為它們已經不是我的，我只知道它比我拿到的鈔票還薄。

我頓時發現我曾經的那些意氣風發好像不見了，每天只是上班、下班、上課、下課，以前常常大哭大笑的我幾乎不哭了，我不再有力氣認真感受生活，我甚至想著，嘿，不如就這樣過一生吧：庸庸碌碌，麻木不仁，日復一日。

這個時候說話已經停止更新將近半年，在現實的打磨下，我幾乎失去了闡述的能力，更遑論創作，我甚至開始搜尋起公職人員的考試，我只想求得溫飽，其餘的，似乎都不是我能要得起的。

某一天，洪試探性的問我，「怎麼最近都不寫了？」

我裝作漫不經心，摳弄著手指，回應他：「我不想寫了。」

他沒多說什麼，只是讓我靠在他身上。

「妳想的，我知道」，過了幾秒他淡淡地說。

我把頭埋在他身上，放聲大哭。

那些「我不想」都只是怕自己已經做不到的推託之詞，我多想活回十幾歲的樣子，色彩斑斕，繽紛而且多刺，自由自在，好似目空一切卻又嚮往博愛寬厚的心靈，對什麼都有所感，每天認真記下所有自己的感觸，藉著這個安撫自己敏感的感知。

我只是怕，怕我已經做不到了，日子的淘洗讓我越趨輕薄，再也無能站定在我喜歡的地方。而這些在心底反覆兜轉的念想和不敢承認的恐懼，在被洪輕輕點出之後好像都不再重要，或許最重要的是，倘若成長是一個不斷妥協的過程，我只希望我能再多撐一會。

我終於在幾個月後又拾起了筆，一開始是吃力的，總覺得以前水到渠成的事，現在卻有點不熟悉，以前那種見什麼都覺得不平的戾氣也不見了，反倒對一切都多了一些憐憫跟寬容。

變好的慾望很強，但變好的過程卻好長好長，偶爾我還是覺得疲倦，不知道自己的何時才能回去，回到奶與蜜之地，回到日日都有盼望的自己。

然後我才知道我再也回不去了，我不再天真無邪，也不再懷抱著女主角之夢，我成了另一種，對生活、對生命，對一切都更加感激而且順從的人。

我的銳利跟張牙舞爪被留在那段荒蕪的時光，原先在靈魂上屬於它們的空位長出了新的特質：我從旁觀他人之痛苦，開始好像可以理解他人之痛苦；從批判世事，到體諒每個人的難處；從自視甚高，到覺知其實每個人都是一樣的，一樣在生活裡、在愛裡打滾。

每天睡前，我想的事情變成了上週去嘉義幫洪做的溏心蛋他吃了沒？週末回高雄陪媽媽要不要帶她出門走走逛逛？

我的生活好像不再是一塊腐爛中的傷口，它開始禁得起觸碰，我能夠看得見明天，可以跟未來對話，可以跟自己說，嘿，妳要有所展望。

已經走過的我無力改變，就像因為踏過泥濘，所以我的鞋永遠有一塊污點。

我能做的，只有把那些焦慮的、痛苦的事故，逐漸寫成屬於我的故事。
不是所有的故事都會有好的結局，但你要相信你的故事會。
即使絕望也要心存盼望，因為裂開的世界會帶你去到未曾想像過的地方。

輸血

寫過了，就讓它過了吧。
我們終究要跨過那些關卡，
不滯留、不耽溺，
仰望的時候看見星空，而非噩夢的殘影。

生命中首次因為書寫而受到讚揚大概是十四歲的事情。我的初戀很早，對象是一個高大好看的男孩子，高大的可以任意踩碎本就不怎麼強韌的我，而我只能將碎片一一拾起，洗淨上頭的鞋印，鋪在作文紙的格子上，鋪成一片墨黑色的眼淚，嘗試記下初見風花雪月後一切卻戛然而止的隱隱作痛。老師用紅色的筆墨在後頭畫上哭泣的臉，以及大大的「情真意摯！」，像是在眼淚的汪洋裡撒上幾滴腥紅色的鮮血，我第一次的失戀就這樣宣告大功告成。

後來的書寫一直斷斷續續，我熱愛閱讀，但對於產出倒是興趣缺缺，似乎書寫對我而言除了是應考時的一大利器之外，並沒有其餘太重要的意義可言，對此我幾乎是深信不疑。一直到上一段關係猛然結束，原先交織纏繞的部分在某個下午突然被那聲「我們分手吧」硬生生截斷，我的某些基因還遺留在他那裡，他的炙熱體溫也不曾揮發，每一個被擁抱過的地方頓時從糖蜜成了瘡口，傷心無處可去，全數流成沒日沒夜的眼淚，偶爾睡醒視野會有短暫幾秒的白濁渾沌，從此身體像開啟某種自保機制，我哭的時候少了一些，寫的時候多了，像被按下某個開關，再也停不下來。

把私人社群軟體當成悲情日記的時間將近半年，期間收到朋友不理解的訊息，他們希望我早日振作，而非總是把自己浸在傷心裡，我因而索性開了另一個帳號專門記下這些在痛苦中打轉徘徊的日子，在暱稱處鍵下「你說話呀」，希望對方能給予我「我想要的」回應，而誤打誤撞之下，這些承載著我的傷心的字字句句卻有幸能走進一些人的心裡。我失去一段關係，走進無愛的風雨，卻因此而意識到，之後的日子，我或許都會與書寫比肩同行。

父親過世的那幾天，我在慌亂之下打開了社群網站，輕觸鍵盤，一字一句毫無章法的留下了心情的片段，無關乎救贖或和解，只是在內在滿溢之下，必須向外拋擲一點什麼才能維持平衡，而後收到了幾封訊息，除了關心之外便是對我文筆的讚揚。他們說「希望妳可以一直寫下去」，附上加油打氣的大姆指圖案，沒說節哀。

「希望妳可以一直寫下去」對我而言幾乎是某種詛咒，我所能想起的每一個接收到這句話的時機，都和毀滅有關。失去愛人的毀滅、家變的毀滅、窮困的毀滅、父亡的毀滅，各種可大可小的、長長短短的、爆炸花火式的又或者輻射恆常不滅般的毀滅，於是那樣的鼓舞似乎都不再具有獎勵性質，反而像是某個制約我的口令，每當他人的唇一張一抿，發出的音節就如同槍聲響起，我只能不可自控的重新回溯那些毀滅，一次又一次。

幾個被記憶折磨至夜不能寐的日子裡我看著讀者友善的訊息卻哭了出來，書寫的光芒之下其實掩蓋著種種毀滅，掩蓋著我的哭聲與尖叫聲，掩蓋著我曾經的示弱與投降輸誠，掩蓋著日子的慌張與無措，掩蓋著我努力撐起的、長長的生命裡尚瘀著血的橫斷面。所謂創作或許充其量只是我用踏進這些不幸與苦難所交換而來的、羸弱飄忽的零光片羽。

我帶著這樣的心境持續記錄自己的生活好幾個年頭，一方面畏懼這枝專沾生命血淚為墨的筆，總覺得依賴它之後我遲早得耗盡自己的陽氣；一方面又感激它時時刻刻、不曾缺席的陪伴，在每一個眾生皆入睡的深夜，是它引我一字一字卸下身上的重擔，但對於書寫存在自己生命的意義我依然沒有答案，只知道自己的書寫都是「不得不」：再也忍不住那些必須對自己說的話，於是只能將原先抽象的心聲寄託字裡行間，它們也因此有了軀體和形狀，成了可以遞交給某個傷心欲絕之人的小小禮物。

而在父親過世之後的某天，我整理著當時記下的零碎片段，忍著鼻酸，忽然腦袋裡閃過一句「寫過了，就過了」。

日子所給的溫柔總是茫茫渺渺，像一股不刺眼的光，一眨眼就過了，傷痛反倒像是流沙，總是試圖將我們留在當下，走不開身也邁不動腳步，只能一再靜止在原地，等待再一次被摔破。

而倘若寫過了，就讓它過了吧，還是過不去的，再多寫一點便是。

我們終究要跨過那些關卡，不滯留、不耽溺，仰望的時候看見星空，而非噩夢的殘影。

或許是從那時候我才開始能依賴書寫。我相信書寫可以抽乾流沙，眼淚可以和文字匯作一脈，最終昇華成智慧和養分，再次注入我的血脈。

書寫便是輸血，它可以拯救我的浩劫，而我要親手把我劫後餘生的日記交付給你，我不教你怎麼度過自己的劫難，我只告訴你，你無論如何也得寫一本屬於自己的，而在你寫出來之前，你可以先讀讀我的。

【附錄】

親愛的書書

／洪

親愛的書書，還記得那個豔陽高照的夏日午後，那座牆面斑駁的圖書館前，少女平靜地坐在長椅上，聽著少年張揚地向她宣告：「我將許妳一份盼望，讓我在未來的日子中成為妳身邊最堅定不移的依靠，無論以前受過什麼傷，犯過什麼錯，那些疤痕交錯都是妳的一部分，我不會否定他們的存在，但從今以後，願在一起的時光只有歡笑和喜悅。」彷彿那不是一種請求，而是一份不容拒絕的命令，少年驕傲自信的姿態，不曾隨著歲月流轉而褪色，總是想將幼稚輕狂的自己拋在腦後，卻又覺得有一份純真的可愛。妳戲稱我是鮮衣怒馬的王子，全身散發著耀眼刺目的光芒向妳走來，將妳從幽暗的深淵中解救出來，但我知道不是的，我是一個平凡的人，不特別英俊也不特別聰明，我的生活一樣會經歷失敗、會遭遇挫折，會感到迷惘、感到沮喪，甚至是感到自卑，但只有在妳的眼中我才是如此光彩奪目、如此卓爾不凡，因為妳，才成就了我的價值。

親愛的書書，妳問我，愛情對我來說是什麼，對我而言，愛情沒有起點也沒有終點，有的只是一個摸索和探尋的過程。在相處的過程中，從最親密的愛人眼中認識一個前所未見的自己，是未穿上禮貌裝飾和世俗偽裝，最真實的自己，發現自己不如想像中的美好、理智，面對最親密的愛人，往往展露出的是最赤裸、最不加掩飾的稜角，在一次次的摩擦碰撞後，才逐漸學會收起自己猙獰的爪牙，只因不捨得再讓彼此受到一點傷害，學會包容、學會體諒，學會收起高傲的自我，只為換得對方一展笑顏，不斷探求自己的本心，在一次次確認自己心意中，加深彼此之間的羈絆。

親愛的書書，生離死別，人間極苦莫過於此，讓妳本應璀璨耀眼的青春歲月蒙上一抹黯然，妳說生命總在妳正要振作起來時，推妳一把，讓妳重新跌落谷底，甚至開始懷疑自己的人生是不是再也不能得到幸福，這些話一直扎在我心上，未曾有一刻淡忘，一字一句彷彿是在控訴我的不足，多希望能夠替妳承擔這些磨難，卻力有未逮。然而，這些經歷雖然痛苦、難以承受，但生命終究會找到出口的，上天給了妳艱難的挑戰，卻也給予妳用文字銘刻生命的力量，在記錄的過程中，以妳的淚水澆鑄字句；苦痛堆砌文章，重新經歷、感受、接受那些曾撕裂妳的創傷，這些都將使妳成長茁壯，讓傷口由裡而外地痊癒，然後，繼續邁向未來的挑戰，只要妳跌倒時，永遠有雙溫暖的手掌會接住妳。

國家圖書館出版品預行編目資料

在你的掌紋裡迷途 / 郭書書著. -- 初版. -- 臺北市 : 麥田出版 : 家庭傳媒城邦分公司發行, 2019.10
面； 公分. -- (寫字時區 ; 2)

ISBN 978-986-344-697-2(平裝)

863.55 108015299

寫字時區 002

在你的掌紋裡迷途

作　　者　郭書書
責任編輯　張桓瑋

版　　權　吳玲緯
行　　銷　巫維珍　蘇莞婷　黃俊傑
業　　務　李再星　陳紫晴　陳美燕　馮逸華
副總編輯　林秀梅
編輯總監　劉麗眞
總 經 理　陳逸瑛
發 行 人　涂玉雲

出　　版　麥田出版
104台北市民生東路二段141號5樓
電話：(886)2-2500-7696　傳眞：(886)2-2500-1967
發　　行　英屬蓋曼群島商家庭傳媒股份有限公司城邦分公司
104台北市民生東路二段141號11樓
書虫客服服務專線：(886)2-2500-7718、2500-7719
24小時傳眞服務：(886)2-2500-1990、2500-1991
服務時間：週一至週五09:30-12:00．13:30-17:00
郵撥帳號：19863813　戶名：書虫股份有限公司
讀者服務信箱E-mail：service@readingclub.com.tw
麥田部落格：http://ryefield.pixnet.net/blog
麥田出版Facebook：https://www.facebook.com/RyeField.Cite/

香港發行所　城邦（香港）出版集團有限公司
香港灣仔駱克道193號東超商業中心1樓
電話：(852) 2508-6231　傳眞：(852) 2578-9337
E-mail：hkcite@biznetvigator.com

馬新發行所　城邦（馬新）出版集團【Cite(M) Sdn. Bhd.】
41-3, Jalan Radin Anum, Bandar Baru Sri Petaling,
57000 Kuala Lumpur, Malaysia.
電話：(603)9056-3833　傳眞：(603)9057-6622
E-mail：cite@cite.com.my

封面設計　Jupee
印　　刷　沐春行銷創意有限公司

初版一刷　2019年10月1日
初版二刷　2019年10月24日

定價／330元
ISBN：978-986-344-697-2
城邦讀書花園
www.cite.com.tw